U0596976

球缘

我与乒乓球的故事

王鑫◎主编

海天出版社（中国·深圳）

图书在版编目（CIP）数据

球缘 : 我与乒乓球的故事 / 王鑫主编 . — 深圳 : 海
天出版社，2018.7
ISBN 978-7-5507-2449-5

Ⅰ . ①球… Ⅱ . ①王… Ⅲ . ①散文集 — 中国 — 当代
Ⅳ . ①I267

中国版本图书馆CIP数据核字（2018）第150034号

球缘：我与乒乓球的故事
QIU YUAN　　WO YU PINGPANG QIU DE GUSHI

出　品　人　聂雄前
责任编辑　黄海燕
责任技编　梁立新
封面设计　线艺设计
　　　　　　电话 83460339

出版发行　海天出版社
地　　　址　深圳市彩田路海天综合大厦7-8层（518033）
网　　　址　www.htph.com.cn
订购电话　0755-83460397（批发）83460239（邮购）
图文排版　深圳市斯迈德设计企划有限公司　0755-83144228
印　　　刷　深圳市希望印务有限公司
开　　　本　787mm×1092mm　1/32
印　　　张　10
字　　　数　200千
版　　　次　2018年7月第1版
印　　　次　2018年7月第1次
定　　　价　50.00元

版权所有，侵权必究。
凡有印装质量问题，请与本社联系。

邹家华先生与王鑫打球后合影

孙寿山（左三）、张毅君（左二）、李大伟（右一）与王鑫合影

世间以技益生身心携
身飞如三春乒乓一弹
新局开小球原有大
乾坤

观球一首

有友善乒乓球握拍挺拔抽身轻若芭蕉摇
闪腾来势如虹雨内心之喜悦又非旁人所知
也聊戏笔　戊戌夏日书

王京生大兄观球益附注　于梧桐山
争光

王京生诗《观球》，杨争光书

以球会友，因球结缘。
愿乒乓球成为推动你人生和
事业发展的助力器！

中国国家乒乓球队领队黄彪

2012年世界乒乓球锦标赛男队夺冠合影

乒乓球是我们的国球，

爱上乒乓球会更爱我们的国家，

爱上乒乓球也会更爱我们的人生。

陆元盛

中国国家乒乓球
原女队主教练陆元盛

陆元盛与队员合影

中国国家乒乓球男队合影，队长马龙签名：

中国国家乒乓球女队合影，队长丁宁签名：

海淀区乒乓球业余体校的小队员们为四川玉章中学的同学们募集捐赠乒乓器材

序一

尹昌龙

　　王鑫要编一本书，叫《球缘》。约了一帮乒乓球资深人士写稿子，特别要求我作序。我还是那句话："我何德何能，球打得不好，资历也达不到。"但是，每次都被王鑫缠得没办法，他的目光、他的热情让人不忍拒绝。只好恭敬不如从命，勉为其难，写上几句，以开篇短短的文字，向各位球友致敬。

　　王鑫每次见到名家大家，都要人帮他签上"球缘"二字。恐怕，这小子跟乒乓球的缘分，一辈子都解不开了。其实，跟乒乓球的这种感情、这种缘分，也是一批打乒乓球的人相互维系一生的纽带。乒乓球从小打到老，让人无法割舍，无法抛弃。一旦爱上了，就一爱到底，绝不回头。"球缘"二字，写出了我们对乒乓球一生的深情，也写出了我们通过乒乓球指向的一个长久的世界。对乒乓球的情缘，也是对人生的一份情缘。

　　打乒乓球的人，在球桌上倾注了那么多的热情，那么多的汗水，那么多的感情，其实都是人生的一种美好。每一场乒乓球赛的背后，恰恰是我们对人生状态的把握。在与乒乓球挥之不去的情缘当中，我们看到了每个人的人生态度，那种执着、专注和忘我，正是生命最美好的状态。把我们的生机贯注在这小小的乒乓球上，把我们的热情倾注在这割舍不掉的运动中，这何尝不是人生的一种美丽，何尝不是生命的一种灿烂。

由球到人，一群一起打球的人，往往成为终身的朋友。大家通过打乒乓球，拉近了距离，无话不说。彼此一生围绕着球台，建立了根深蒂固的友谊，这是多么让人羡慕和向往的事情。再由球到国家、民族。中美建交，就是从乒乓球打开缺口，小球推动大球。对中国人而言，乒乓球是标准的国球。乒乓球的得失成败岂止是一项运动的得失成败，背后维系着的是一个民族的尊严和骄傲。当中国乒乓球员在国际体坛上摘金夺银，载誉归来的时候，我们通过这项运动，看到了一个国家的力量、智慧和光荣。因此，放大了看，乒乓球不仅是一项运动和赛事，更是维系着我们对生命的理解，对人生哲学的把握，甚至维系着我们对国家民族的想象。

乒乓球的可爱在于，进入到乒乓球世界，每一个打球的人都被还原为一个个生龙活虎的生命，甚至还原为一个个可爱的孩子，为一个球是否擦边争得面红耳赤，为得一分高兴得欢呼雀跃。本书中的作者，很多都是名倾一时，或者是各领域的达人、名人，但是在乒乓球面前，他们无一例外地都露出了可爱的一面，展示出生命本来的面目和色彩。无论是领导还是普通人，无论是名家还是老百姓，在乒乓球面前，大家去除了不必要的光环，成为平等的对手。对于书中大家所谈的感受，我最突出的印象就是我们通过乒乓球回到人生原本的状态。在这个时候，乒乓球是加法，加深了我们的友谊，加深了我们对生命的理解。但同时乒乓球又何尝不是减法，减去了人生不必要的负担，减掉了名缰利锁的束缚，让我们回归到生命本该有的轻松、热烈和简单。这也许就是乒乓球给我们带来的别样意义。

以球为友，以球会友。这将是我们和乒乓球，以及乒乓球友之间情缘的开始，希望这个情缘贯穿我们的一生，也希望这个情缘让我们重新理解生命和自我。对于热爱乒乓球的人来说，打球变成了衡量我们人生是否有意义、有存在感和幸福感的标准。从这个意义来看，乒乓球何尝不是我们通往人生哲学的一条道路。

序二

范志刚

　　缘深缘浅不是梦，乒乒乓乓过半生。从 8 岁开始打乒乓球起，我与乒乓球运动结缘已经 48 年了，在深圳业余乒乓球圈子里也算是"资深"发烧友了。可能因为这个原因，王鑫一再嘱我为《球缘》作序，心感荣幸之余还是略有惶恐。

　　书稿的各位作者，缘起乒乓，因球结缘。王鑫以"球缘"为书名，蔚然妙哉。书内许多故事的起点均是这一小小的球体，而延伸出的是健身的愉悦，是珍贵的友谊，是拼搏的见证，是超越自我的坦然……如此种种铭记于心的收获与感悟，是"球缘"最好的诠释。也借此机会，非常荣幸也非常乐意把自己的一些感悟与大家分享。

　　我的球缘萌生，因为快乐，因为乐趣。
　　乒乓球起源于英国，英语叫"Table tennis"，直译就是"桌上网球"，具有"小、快、灵、准、狠、变"的特点，我理解是低成本大众化的"网球"。记得小时候，长春的大街小巷总有打乒乓的身影。垒起一方台案，中间摆上砖石，简简单单地就成了水泥乒乓球台，那时小伙伴们刚够球台那么高，或跳跃或腾挪，虽然没有章法，但在那个物质匮乏的时代，乒乓球带给我无穷无尽的乐趣和快乐。乒乓球缘，因此而生。

我的球缘加深，因为英雄，因为榜样。

我记得1961年北京承办了新中国第一个国际赛事——第26届世乒赛，一阵春雷响彻国际体坛；1972年，毛泽东用小球推动大球，"乒乓外交"掀起的飓风撼动冷战世界……通过几代人的奋力拼搏，乒乓球成为中国的"国球"，20世纪60、70年代的中国乒乓球坛，已经是群星璀璨，容国团、庄则栋、李富荣、徐寅生、蔡振华……家喻户晓，可谓那个时代人民心目中的民族英雄。因为这些英雄榜样"人生能有几回搏"的激励，我一度成为业余体校乒乓球运动员，球缘更深，如痴如醉。后来考上吉林大学，学习法学专业，毕业后先后从事法官、机关公务员、高校管理者等多个职业，换了多个工作单位，但乒乓球缘从未改变，一往情深，历久弥新。

乒乓球缘，让人受益良多，受益良久。

乒乓球运动给我的益处，我概括为"六个好"。好习惯——因为这一"球缘"，我养成了热爱运动锻炼的好习惯，无论再忙，每周不打两次球总觉得少了什么，可以说乒乓球运动已成为自己的一种生活方式。好身体——我对自己的速度、耐力、灵敏度、爆发力、反应能力还是比较满意的，也很少生病，完全可以"为祖国健康工作五十年"（蒋南翔对清华大学学生的要求）。好心情——这一"球缘"让我在节奏快、压力大、"五加二"、"白加黑"的深圳特区工作中，身心能及时得到放松，能及时从郁闷、紧张、焦虑等负面情绪中摆脱转移出来，始终保持良好的情绪状态。好心态——无论是一个球还是一局球、一场球，乒乓球比赛必有结果，必有输赢，常打常输常赢的结果是不再看重输赢，养成了淡然面对得失成败的好心态。好品质——每次打乒乓球，都需要克服对"高手"的胆怯、克服紧张心理、克服想赢怕输的心理等，让自己有了一种不怕困难的顽强意志；打乒乓球让自己有了很好的拼搏精神、协作精神和团队精神。好朋友，这也是最重要的——因为这一"球缘"，结识了一大批有相同兴趣爱好、有共同话题的好朋友，相约打球，相互切磋，相约看球，相互交流，心有灵犀，人生乐趣，莫过如此。书稿中，许多朋友也谈及乒乓球运动带给自己的收获和快乐，大家体验的深浅不同，但感受应有相通之处。

乒乓球缘，让人感悟生活，体味人生。

我小学乒乓球教练经常说，"乒乓球是聪明人的游戏"。后来看书偶尔看到阿根廷作家、乒乓球运动员吉多·米纳·迪索斯皮罗说过类似的话，他说："乒乓球是亚里士多德、柏拉图和荣格的运动，乒乓球中也蕴含着东方哲学结晶。"仔细想来，乒乓球的确有它自己独特的文化和哲学。它有着圆的外在，还有着空的内里，从器物层面便可看出它灵动的一面。当它只是静静地躺在球案之上时，显现出的是"天圆地方"的古老哲学，静谧深邃。当它由手到拍击出之后，谁也没想到小小的球体竟然蕴藏着巨大的气场，它在球案上"乒乒乓乓"，同时迸发出竞技的火花和艺术的绚烂，常常牵动球员与观者的心跳。一静一动，是传统文化含蓄与豪放两面的对比。而握拍时的直与横，发球时的转与不转、长与短，击球时的轻与重、直线或斜线，以及各种战术的配合，不难看出辩证思想在其间灵动转化。对阵时的以柔克刚，刚柔并济，以及所追求的"人球合一"，似是道家思想的内核在其间的体现。一球两界三体，其间蕴藏的哲思又何止于此上的只言片语。

乒乓球运动在强身健体的同时，也是一种心境的修行。由于球体并不大，如果只是心猿意马缺乏高度的专注力，是难以抵挡对手势如猛虎的攻势的。由于对手打法特点不同，想要占据上风，便需要根据对方的打法不断调整，以己之长攻彼之短，才能立于不败之地。要想达到如此境地，非勤奋练习总结出自己的一套打法不能为，非有一个良好的竞技状态、心理状态不能为。因此，"乒乓球文化"的洗礼和熏陶，带给我们的不仅是健康积极的生命活力和身心愉悦，更是追求自我超越的价值实现和人格精神。

从《球缘》书稿看，大家也是各有感悟，在球案之间道球艺，在赢输之间论得失，在球技之间说要领，在球友之间谈人生。总之，乒乓世界是多维的，可由物及心，可言器物，可谈技法，更可论道。球缘不止，论道不止。让我们久续球缘，乒乓快乐，快乐人生！

是为序。

2018 年 5 月 9 日于荔园

目　录
CONTENTS

（本书作者按姓氏笔画排序）

圆于方寸，乐在其中

—— 我的乒乓人生

马小为

　　才过知天命之年，敢说自己的乒乓人生，是有些托大了。也许你说，这也就是半辈子（太感谢了，我更希望如此），至于球技和成绩，没有在正式的公开比赛中流芳史册，水平顶多业余三流。可我觉得乒乓球和我的人生深度融合，极其重要，所以才敢叫"我的乒乓人生"。

　　人这一辈子最重要的资源是时间，如果有一项运动，你敢说你热爱，最能衡量的，就是你投入其中的时间了。

　　记得上了小学，学校里有水泥乒乓球台，我刚能够着高度，就开始和小伙伴上场打球了。条件有限，砖块作网，但不影响我们的快乐指数。推来挡去，抢胳膊就扣杀，没有谁告诉我们什么击球的原理、动作、步伐、技巧，完全是随性而为的娱乐活动。只要天气允许，下课就去占球台，比输赢。渐渐地，因为我练得多，肯动脑，手感好，在学校里球技越来越"突出"，野路子的球风也日渐形成。

上了初中，因为父亲是学校的老师，教师子弟有条件在学校会议室的木制球台上练身手，我对打乒乓球更是着迷得不行。尽管初三年级学习日渐紧张，但我也始终没有放松乒乓球的"娱乐训练"。

我的高中是在离县城不远的长安一中度过的。打乒乓球的条件似乎又退回到小学的"水泥台标准"。但其他的运动项目丰富，篮球，足球，排球，羽毛球都有条件，于是打乒乓球的人没那么多了，不再需要占台子。紧张繁重的学习生活让人头脑昏昏沉沉，打一场酣畅的乒乓球就会让自己清醒如初，学习的效率更高。我的高考能成功，自有乒乓立大功！

后来到北京读大学。大学二年级学校有乒乓球选修课，我毫不犹豫参加了。这个时候我才真正理解了乒乓球的深奥和魅力。理论入门，尝试实践。知道了球拍有那么多的变化，知道了旋转、弧圈球、步伐的重要，从自我摸索的胡打乱撞，到了整体技战术水平的学习体悟。四年大学生活，乒乓球仍是我最好的玩伴。

工作以后，乒乓球更是成了我闲暇时的第一运动。每周至少两次，坚持了几十年。锻炼身体，切磋球艺，结交球友，体悟乒乓文化，体验乒乓快乐。

打乒乓球，除了大家都熟知的几大好处，比如护眼、锻炼协调性、反应力，放松身心，排解烦恼，增进友谊等，而我还有另外两点体会。

首先可以锻炼我们的观察力和思考力。在和对手的比赛中，我们需要仔细观察对手的发球、接球习惯，在练球和开赛的初期，做一些尝试摸排，看看对手球拍和胶皮的构成，是正手强还是反手强，旋转厉害还是推挡厉害，远台长球失误多还是近网小球失误多，擅长发球抢攻还是擅长防守反击，发球时要关注对方触球的一瞬间拍型有没有变化。根据对手的特长和优势快速思考确定自己的应变战略，扬长避短，抢占先机。

其次，在双方技术水准相当的情况下，比拼的是战术素养和意志力。关键时刻，胜负攸关，也许比拼的就是几个球，若能学会调节自己的呼吸，阻断思维，改变接发球、击球的节奏，敢于搏杀，心理暗示等等，打球的心智自会跃上一个新台阶。

总之，常打乒乓球，三观得提升。这让我们面对困境更为从容、更加坚强、更有韧性。无论对我们的生活还是工作，都是良药圣方，有百利而无一害，何乐而不为？

这辈子，我最爱乒乓球。圆于方寸，乐在其中。

（作者系陕西师范大学出版总社中学数学教学参考主编）

球　趣

王　冰

　　乒乓球为国球，民间多高手。这是打球一段时间后一位朋友讲的话。作为老百姓普及性挺大的一项运动，接触的机会就多了。现在想想最早碰乒乓球还是在小学时候，校园内有水泥砌的球台，也没有球网，捡几块砖头倒着放一排便可。说到球拍，当时的条件所限，没有直拍、横拍的区别，多是木板贴张胶皮便是上好的装备，还是要轮到上体育课时，到学校的体育器材保管室统一领取。拿到装备后，热火朝天地在球台上与小伙伴们干上一场。我也没有正规地训练过，随性发挥，野路子打球，全在图个高兴了。上初中后住校，很奇怪当时的学校基本上没有球台，水泥的台子也没有。高中功课紧张，打球的时间和机会便少了，断断续续打着。一跨过高考的门，到大学便感觉是放了缰绳的马，学习和生活自己充分做主，空闲运动的时间顿时多了起来。想想当初在天府之国的成都，正是足球意甲和甲A风头正旺的时候，全宿舍的男孩子几乎全把空闲时间洒在了球场上，小组赛、宿舍赛、年级赛、系别赛，日打月打，挥洒着青春与汗水，空闲时间在蓝天与草坪间流过。小小的乒乓球，静静地躲在角落，等待下一次的邂逅。

大学毕业到深圳工作，幸运的是单位工会活动开展得多姿多彩，工会主席老徐是乒乓球发烧友，他领头，单位里长年拉了一支乒乓球队，内战打得不亦乐乎。革命的传统代代传，老徐开始带我们几个新来的小年轻打球，我开始认认真真向他学习乒乓球的基本知识和技术，上下旋球，发球抢攻，推挡防守，这才算真真正正尝到了乒乓球的味道。典藏部有位同事，握横拍打削球，站位远离球台，仗着身高手长，打球不紧不慢，左边削一下，右边削一下，再往中间捅一下，与他对阵，搞得我很难受，一段时间负多胜少。请教老徐，老徐说打他不要慌，对手的弱点是防守强进攻少，我输在自己的失误上。在水平相当的情况下，打乒乓球就是要定下心，把自己的本事发挥出来，让对手先难受，他先难受了，你就好受了。他难受的位置，就是他的肚子前的中间位，你多打这个位置，才有可能拿下比赛。一言点醒梦中人，照此出招，果然以后胜多负少。打完球请老徐喝酒，绍兴花雕，聊聊球趣球事，刚来深圳，远离故土的孤寂在球趣中慢慢消去。

2012 年我到广东湛江廉江市参加扶贫工作。我的帮扶地点在石角镇，负责环下村、丹斗村两个贫困村的帮扶工作。石角小镇横跨广东广西，我住在广东老乡家，每天一早会去广西小店吃碗肠粉。镇下的两个贫困村坐落在鹤地水库的西北口，20 世纪 60 年代造水库淹了良田，老百姓集体搬迁，改革开放后处于水库环境保护地，经济没有发展起来，是广东省西北翼的贫困区。我的工作是给 378 户贫困户建档立卡，一户一策进行生产和生活扶助，帮助发展村集体经济，搞小黄瓜种植业，同时修建 20 公里乡村公路，解决老百姓的出行困难，每天忙得风风火火。石角镇离深圳 700 多公里，刚去时，人不熟，言不通，困难多，开展农村、农业、农民的工作，每天要学习的东西和解决的问题真是很多。幸运的是乒乓球帮助了我。在石角镇，局里捐助了一张双鱼乒乓球台，一批乒乓球器具，是建镇以来最高档的体育设备。镇里很高兴，拨了一间宿舍作为乒乓球室，一到傍晚时分，这里便热闹开来，老百姓和干部在这里切磋打球，大家一下子拉近了距离，成了好同事、好朋友，帮扶沟通工作进展得非常顺利。镇委书记经常忙完公务，下班后穿着白衬衫过来打球，打到尽兴处，会发出"嚯、嚯"的吼声，仿佛在鼓舞同志们加油干啊。主管农业的副镇长是个肌肉男，天生的直拍快攻打法，喜欢发球抢攻，强力推挡，仿佛有永远使不完的劲。小镇有球赛便有半斤八两的对手，斗智斗勇的冤家。最较劲的是镇上电力公司的八爷和卖豆芽的老潘。八爷年纪轻轻，是镇上电力公司的员工，在家排行第八，可能在朋友圈挺混得开，小伙伴们都叫他八爷。八爷打球有气势，全年基本上是光着膀子干，边打球边出声，上来的架势很吓人。但八爷的球力度有余，不够稳定，他有个宿敌，就是镇上卖豆芽的老潘。老潘忙完一天，晚上喝点米酒，摇摇晃晃带着球拍就到了镇乒乓球室。老潘球拍上的胶皮不知哪年的，薄且没有弹性，光溜溜一片，和用木板打球没有太大区别，基本上不吃旋转。老潘有个长处，打球不急，球出来没有力度和旋转，但有角度，不管进攻还是防守，总会落在台上，这一招专克八爷。两人打球好看，只见八爷手上不停地上下飞舞，嘴里不停地碎碎念，一副要生切老潘的阵仗，但总是使不好劲，进攻的球多半不是下网便是出台。老潘带着坏笑，左推右挡，看不出使多大的劲，但球多半会落在台上，一场比赛下来结果可想而知。八爷输球后不服气，吵吵闹闹要报仇，老潘却已鸣金罢战，说要回去发豆芽，恕不奉陪，要改日再约。小小球场笑声闹声一片，异乡的时光很快便流逝过去。

扶贫工作结束回到深圳，有了自己稳定的朋友圈和球友圈。大家工作忙碌之余，三五相约到球馆出出汗，斗斗球，释放一周的工作劳碌和压力，身心得到极大的放松。钟南山院士有句话，说人生的事业起起伏伏，就像橡皮球，可以放下再弹起来，但人的健康身心如玻璃球，若掉下去破碎了，就不会再弹起来。我们朋友相约打球到打不动为止，也许70岁，也许80岁，只要身体许可，我们要让小小的乒乓球不停地旋转，带动我们这颗永远年轻的心，不停地前行。

（作者系深圳图书馆副馆长）

日久生情　享受乒乓之乐

王　琪

　　如果小学二年级时，选中我的是篮球教练，也许我今天最爱的项目就是篮球了。但偏偏老师看我的身体条件好，觉得我很有灵气，一眼便选中我去学习乒乓球。所以，我和乒乓球的缘分，多少有那么些偶然。

　　接触乒乓球之前，我对它并没有什么概念，更谈不上喜欢。20 世纪 70 年代，除了上课，学校里也没什么好玩的，我一想打乒乓球下午不用上自习课，就高高兴兴去练球了。练习了一年半以后，我的乒乓球成绩还不错，就转入了丰台区业余少年体校学习。但那时候毕竟年纪还小，玩心大，真正练起球来难免觉得辛苦，有时候累了就耍个小心眼偷个懒，没想着靠乒乓球打出成绩来立足。但同龄的很多小伙伴却有着更加清晰的目标，球技突飞猛进，这时候我相对落后了。那段时间，我也参加了全北京市的小学乒乓球比赛，但由于没有大赛经验，一到大场面就头脑发蒙，没什么拿得出手的成绩。上初中后，我就没再专门练习乒乓球。

虽然我对乒乓球没有一见钟情，但却日久生情，越来越体会到它的好。从小学时初遇，到成年后慢慢爱上这项运动，伴随着我的成长与成熟，我对乒乓球的喜爱也是水到渠成。

刚参加工作那会儿，行业系统内部经常举办乒乓球比赛，只要有时间我都会积极参加，也拿到过不少名次。但真正体会到打球的好，却是身体发出报警信号的时候。

2003年"非典"期间，因为工作忙，我一度中断了业余打乒乓球的习惯。等忙过了"非典"之后，我明显感到身体素质下降了，啤酒肚开始露头，身体也经常感到疲劳。我这才意识到，以前工作精力充沛，身体素质好和坚持打球密不可分，于是我又捡起球拍继续打球。

在交通管理部门工作，没有什么固定的双休日，我跟朋友们的打球时间经常凑不到一起，所以我常到乒乓球俱乐部去打球，到今年也陆陆续续坚持15年了。这十几年里，我从青年到了中年，经历了工作的黄金时期，经常忙起来就没日没夜，亚健康、心脑血管疾病也成了我们这个行业的职业病。但我的身体素质却一直不错，细细想来，这都归功于长年来坚持打乒乓球的好习惯。

虽然强身健体是我打球的主要目的，但竞技体育的本质也让乒乓球充满了魅力。最有意思的地方在于，球台两边的对手表面上看似是乒乓球的推挡转换，实则是心理上的较量。两方攻守转换，互相克制，快速反应，见招拆招，也是一场美妙的体验。相较于过程，胜负其实没有那么重要，辩证地看，输球后不必垂头丧气，反而要静下心来反思，为什么输球，哪些地方做得不好，需要吸取哪些教训，该如何改正，这样一来，即使输球但也收获满满；赢球的时候更要思考，找到自己优势，反思赛场上遇到的危险，懂得扬长避短，才算是赢得更有意义。

人生如赛场，起伏跌宕在所难免，但改变命运的"球拍"始终握在自己手上，只要勇于拼搏，人生永无止境。

2008 年，我参与了北京奥运会的相关工作，有幸和著名的乒乓球运动员邓亚萍同在一个党支部小组。工作之余，我无意间说起自己的打球经历，邓亚萍说："哪天咱们一块打球切磋下。"虽然明知自己肯定打不过她，但我也毫不怯场。后来工作之余，我终于有机会和她切磋一局，比赛采取的是 21 分制，我跟邓亚萍说，我水平差，你让我得 5 分就算我赢了。邓亚萍却说，您这水平得过 10 分才行。比赛刚开始时，邓亚萍全身放松，我并没有被她的世界冠军身份吓退，眼看着我和她的比分到了 9 比 15，在世界冠军面前得了 9 分我已经感到十分高兴。一看比分，邓亚萍着急了，立马调整到了紧张状态，最终我 9 比 21 没能过 10。当然能拿下 9 分也承蒙邓亚萍相让，但能有机会和高手同台过招，找到运动的激情，于我而言也是莫大的荣幸。

打球这些年来，我结交了很多球场上的朋友。他们的魅力，不仅仅在于高超的球技，更在于球台上反映出来的高素质修养和豁达的人生态度。比赛纵然激烈，但落后时的奋起直追和赢球后的谦虚谨慎，同样都让人尊敬。当然，有时候打球和做人的道理又有不同。比如，做人应该越实在越好，打球反而越滑越好，球场上需要逆向思维，声东击西，才能出其不意，攻其不备。

现在只要有时间，我每周都要求自己打一两次乒乓球。偶尔因为工作繁忙不得不暂停练习，很快就会发现传说中的"加班肥"现象，工作越累越长肉。这时候，只要工作稍微放松，我便立刻捡起球拍训练，效果也是立竿见影。偶尔有时间我也会报名参加一些社会上的比赛，在北京市乒乓球协会杯上的最好成绩进入过前八，在北京市系统内部的比赛里也经常拔得头筹。对于我这个业余球手来说，取得这样的成绩也知足了，更重要的是享受打球带来的快乐。

如今，我和乒乓球就像一对老友，历久弥新。打球的过程中，我也慢慢领悟出很多人生道理。每每至此，我便想到陆游诗中"古人学问无遗力，少壮工夫老始成。纸上得来终觉浅，绝知此事要躬行"的深意。未来路上，我仍将握紧球拍，以球会友，享受球场上的乐趣，结交球场下的知己。

（作者系北京市公安局公安交通管理局副调研员）

小小乒乓　助我成长

王　晴

　　已经不惑之年的我，第四次代表中华口腔医学会参加中国科协举办的全国一级学会乒乓球比赛，手捧女子单打冠军奖杯返回成都的飞机上，在迷迷糊糊的睡梦中，我回味起与乒乓球结缘那一刻，并沉浸在乒乓球带给我人生和事业双丰收的回忆之中。

　　若不是我遗传了父母身材瘦小、体弱多病的特点，可能我一辈子都会与打乒乓球无缘。我的父母是地地道道的四川人，他们大学毕业后，为响应党和国家的号召，双双来到大西北青海省工作。说起他们去青海的缘由，动机不同，结果相同，可谓殊途同归。我的父亲，一个贫下中农家庭出身的儿子，根红苗正，学习刻苦，凭着自己的努力，考上了成都具有 2000 年历史的石室中学，并于 20 世纪 50 年代初毕业于四川大学农业经济管理系。父亲当时主动申请到祖国最艰苦和最需要的地方去，于是赴青海就业，并被安排在省政府工作。而我的母亲则出生于四川凉山有名的地主家庭，虽然也努力考入了西南农业大学，但毕业之际，几乎无路可选，只能接受被安排到青海接受锻炼的唯一出路，被安排在偏远地区的农牧站工作。是天公作美，有一根神奇的红线让两个出身迥然不同，到青海的缘由不同，工作岗位也不同的四川老乡结缘并生下了我。

青海高原天气恶劣，加之父母分居两地，使年幼的我成了感冒、肺炎咳嗽的载体，让父母担心我能否在这个世界上生存下去。说来也巧，我10岁时，一天，母亲的一个朋友来家串门，说起他可以教小孩打乒乓球，母亲趁机把我推荐给他并恳请收留。从此我开始接触乒乓球，不承想，母亲让我锻炼身体的初衷，让我与乒乓球结缘。打乒乓球伴随我读书、工作、成家、立业，培养高尚情趣和结交更多的良师益友。可以说，没有乒乓球，至少我的人生之路将不会如此顺利，结局也可能完全不同，真正是小小乒乓球改变了我的人生轨迹。

其间我曾有几次与乒乓球分分合合的经历。第一次是在学习打乒乓球半年后，我的体质明显变好，并以突出的表现被西宁市青少年业余体校录取，还一举夺得1976年青海省乒乓球比赛青少年组女子单打冠军，获得了国家二级运动员证书。让许多教练和乒乓球同行看到了我的潜力，纷纷到家劝说我进入省体工队，专业从事打乒乓球。在当时，进入省体工队，意味着有了工作，拿上了工资，不用专门读书上课了，这是多么令同伴们羡慕的事情呀，我高兴地答应了体校老师的邀请。但当体校老师到家中讲明情况之后，没想到母亲却坚决反对，任凭老师们怎么说，母亲始终没有同意，甚至连一点考虑的表情都没有，我失望极了，更是不理解，这与她几年前把我介绍给她那个朋友时的态度，大相径庭。母亲的理由是，她的梦想是让我当医生，而不是专业运动员。可是当时我不明白。难道我进步了，有成绩了，被体工队看中了，进一步深造发展，前途无量不是好事吗？最后只能是体校老师悻悻而归，我则在家大哭一场，竟用不吃饭以示抗议。

第二天，母亲带着我离开体校，返回初三教室上课。我在体校打球三年，经常逃课，初中几乎没有好好上课。看着陌生的同学，枯燥的课本，我一百个不情愿呀。母亲托老师给我在最前排安排了座位，每天按时去学校。我没有了自由，只能两眼望着天花板，默默流眼泪。白天上初三的课，晚上补习初一的课，上课听不懂，逼着我一步一步往前赶功课。现在想起来，我这个人还是颇有潜力的，如同乒乓球，越是发力，弹得越高。经过考前的一番努力，终于迎来了高中毕业考大学，居然高考成绩过了重点录取线70分，但距我想读的北大、清华还有30余分的差距。我再次难过了，甚至悔恨是打乒乓球影响了我的考试成绩。但是，当我大学毕业选择工作单位时，各单位人事部门的老师看到我打乒乓球的经历和成绩后，纷纷给我抛出了橄榄枝。我猛然发现，打乒乓的一技之长原来有如此大的魔力，能够助我就业。我突然间对打乒乓球有了一种仿佛久别重逢的感觉。从此，我又继续爱上了打乒乓球。我曾获得全省高校大学生乒乓球比赛的第3名，代表全省高校参加了全国第一届大学生运动会，并取得优异成绩。

在我参加各种乒乓球比赛的时候，有一个瘦高英俊的男同学，几乎每次比赛到场，给我当啦啦队助威，为我捡球和呐喊。比赛后送上一杯热水是他的保留节目。久而久之，我们成了无话不谈的知心朋友。我在学习上也屡次得到他的帮助，最终我们组成了幸福的家庭，这就是乒乓球结下的情缘，原来月下老人手持红线无所不在。

参加工作后，我在本单位毫无悬念的蝉联女子单打冠军，代表单位多次参加了省、市乒乓球赛，并取得成都市甲级队联赛前三名的好成绩。名声在外，至今许多职工误以为我是专业球手。当我临床诊治病人时，他们是如此的吃惊：专业球手还会看病啊？

我保持四川省高校乒乓球比赛女子组前三名直到1996年。随着年龄的增长，工作和家庭事务的繁忙，打乒乓球渐渐再次远离了我的生活。每天忙于临床治疗，钻研业务，哺育女儿等琐事。上有老下有小疲于奔命是我们这一代人都无法回避的责任和生活重担。恍然间，时间过去了十个年头，我的身体也开始悄悄地发生着改变，苗条的身影正在成为回忆，体质下降，以至于难以支撑繁重的临床工作了，更别说业余生活的质量。2000 年的一天，有朋友约我说去参加乒乓球俱乐部，打打球。我婉言谢绝了邀请，既没心情，更没体力，也没兴趣是我当时的实际状态。以致最后我的身体频频向我亮起了红灯，先是房性早搏，然后是室性早搏，心悸心慌，不得不住进了心内科检查和治疗，所有的现代化检查走马灯似的轮番上阵，虽未查出明显的器质性病变，但身心疲惫的状态挥之不尽，工作与生活在我身上变得越来越没意思。正在我以为将以这种状态度过余生的时候，四川大学开始恢复全校乒乓球比赛的通知到了华西口腔医院，医院领导极希望我能代表医院去参加比赛。华西口腔医院历来重视荣誉，追求卓越是医院一贯的作风，虽然看我面带难色，但医院领导不肯罢休，我不得已，答应去试一试，我自己都对自己缺乏信心。不承想，比起昔日我现在已经明显不伶俐的一招一式，仍然获得了全校师生的喝彩。这种氛围和掌声，我已经久违了数年，那是一种催人奋进，敢于拼搏，热血沸腾的氛围，是一种不分老师和学生，大家相互鼓励，击掌庆祝，心情舒畅的感觉。这种感觉使我迎来了久违的身心愉悦，往日烦恼一扫而光。更为难能可贵的是，打球后再去上班，仿佛换了一个人似的，精力充沛，思路敏捷，办事效率明显提高了。当从衣柜里拿出往日我非常喜爱的旗袍，又可以顺利穿上身了，而且风采不减当年，老公看到我都忍不住跑上前来给我一阵狂吻。我又一次尝到了小小乒乓带给我人生的巨大转变，乒乓球在我的眼里已经变得有了生命，是我不可离开的朋友。

2002年，由于我工作努力和成绩突出，被任命为华西口腔医院编辑部主任，负责所有专业刊物的编辑出版工作。在工作之中，我发现很多北京的领导和同事非常喜爱打乒乓球，每到周末，大家在一起切磋球艺，联络感情，这又勾起了我对乒乓球的回忆。每逢出差到京，我们总要相互约好打球的时间，而且无形中我成了地方乒乓球业余最高水平的代表。与京城代表一决高下，是我们心照不宣的秘密，大家都在暗中铆足了劲，不管谁赢谁输，最后大家都相互调侃，充满欢声笑语，或是输方请客去吃大排档。打球中我结识了各行各业的朋友，包括棋琴书画界的高手，作家朋友，电影艺术表演明星，企业管理人士等。以球会友，以球交友，与打乒乓的人的交往提高了我的生活情趣和生活质量，这又是一种结缘，我这一生的缘分总是与小小乒乓有关。

回顾此生，本无生命的乒乓球，在我的生命里却表现得有着十足的生命力和魅力，离开它，我的生活和工作就会陷入困境，有它相伴，我就会风光无限。小小乒乓，不仅伴随我的童年和青年，也必定会伴随我的中年和老年。可以说，我的成长与成才，乒乓球功不可没。现在，我有了好的体质和充沛的精力，事业蒸蒸日上。我作为执行主编的六个医学期刊，本学科学术影响力全球领先，亚洲第一。我带领的团队，也囊括了中国出版政府奖的所有奖项。同时，我也是一名受患者爱戴的牙科一级专家，国际牙医师学院院士。所以，小小乒乓，助我成才，伴我一生。

（作者系原国家新闻出版广电总局教育培训中心特聘教授）

"球缘"永远是
新闻采访的富矿

王继晟

　　我在《人民日报》子报刊做了20多年经济记者，曾获中国新闻奖等，也算有过一些愉快的回忆。因报刊改体制，经过一番努力成功转岗到人民日报社体育部，作为乒乓球爱好者，这算是一段球缘。时光飞逝，2018年戊戌年来了，人生走过一个甲子，即将离岗，有些不舍。10年的国球报道留下许多印象深刻的回忆，篇幅所限，选取一二，无论有趣无趣，都是真实的感受，也希望能对读者有所启发。

在莫斯科女乒靠边站　铁打的营盘流水的兵

　　《人民日报》特派记者到现场采访世界乒乓球锦标赛是个传统，2010年5月我奉命到莫斯科采访第50届世乒赛。不承想第一次采访世乒赛就碰到了大新闻：中国女乒丢了女团冠军考比伦杯。球迷反应强烈，随即人民日报发表了我的述评《中国女乒怎么了》。

对于职业记者来说，碰上大新闻是幸运的；对于无缘九连贯的中国女乒来说，莫斯科决赛日当然是个令人沮丧的日子，决赛过程不赘述了。在超大的莫斯科奥林匹克体育馆举行颁奖仪式，眼见得女乒姑娘们靠边站一回，冠军奖杯被新加坡队爆冷捧得。领奖台上姑娘们脸阴得都可以拧出水来，走下亚军领奖台，面带窘色的刘诗雯等几个球员立刻从脖子上摘下银牌，恨不得当时就扔了。得了亚军，对于中国女乒来说就是失败。

"亚军，你才亚军呢，你们一家子亚军。"我想起了新近的电视节目《吐槽大会》上嘉宾林丹"最恶毒的咒语"。

几年之后，当时担任新加坡女队教练的国乒老将周树森出书《乒乓不了情》，专门回顾了惊心动魄的莫斯科女团决赛，书的封面特意标上：他是"叛逆"教练。记得赛前周树森"狡猾"地释放烟幕弹，说跟中国队根本没法打，绝对处下风。赛后，周老先生一再说是"蒙"了一回世界冠军。也许是周树森"蒙"对了机遇，也许是女乒队员真的有点"蒙"，一个"蒙"字给了各方面想象的空间，给相关的人留了面子。

再后来，参加莫斯科世乒赛女团决赛的五名队员，职业生涯迥然不同。当时决赛没有上场的李晓霞后来居上，持续发力，成了奥运会、世乒赛和世界杯的大满贯冠军。没有仪式，悄然退役。

决赛丢分的丁宁痛定思痛，快速走出失利阴霾，2011年鹿特丹世乒赛即夺得女单冠军，2012年伦敦奥运会女单决赛发球被判违例遭遇噩梦，里约奥运会还是和李晓霞决赛，终于圆梦大满贯，现在是中国女乒的领军人物。

"小枣"刘诗雯命运多舛，进攻犀利，打球好看，但冲击大赛单打冠军总是各种不顺利，苏州世乒赛女单决赛被受伤的丁宁逆转。不过每年的乒超联赛体现了刘诗雯的价值，她总是胜率第一，所向披靡。

莫斯科拿下一分的北京姑娘郭焱正常退役，回北京队做了教练。而年少成名的郭跃却年轻轻地早早离开国家队，伤病或者是拒绝和其他队员对决竞争，给教练组出了管理难题，人才济济的国乒让郭跃离队退役，可以理解。国乒本来就是"铁打的营盘流水的兵"。

多特蒙德穿越乒乓时空　容国团精神财富最宝贵

我采访过多届世乒赛，最有收获的当属2012年的多特蒙德世乒赛。位于德国西部北莱茵－威斯特法伦州鲁尔区的多特蒙德体育馆第三次举办世乒赛。1959年，容国团就是在这座体育馆获得了中国第一个男子单打世界冠军。

每办一届世乒赛，场馆一隅必设流动乒乓博物馆是国际乒联的传统。一幅墨绿色乒乓历史长卷展开，记录从 1926 年的首届伦敦世乒赛到过往最后一届的男女冠军。扫描回望世乒赛跨世纪的历程，直到 1959 年的第 25 届，第一次出现了中国冠军的照片和名字——容国团，Rong Guotuan（CHN），注视着他夺冠的英姿，心中涌起崇敬之情！从此以后，冠军榜上中国人越来越多：庄则栋、邱钟惠、林慧卿、江嘉良、乔红、邓亚萍、王楠、张怡宁、刘国梁、孔令辉、王皓、张继科、丁宁……

容国团当年的队友，现任国际乒联终身名誉主席的国乒元勋徐寅生，站在 1959 年容国团夺冠的大幅照片前，追忆当年国乒激战多特蒙德。徐主席感慨万千地对记者说："容国团实现誓言夺冠不容易呀，通往世界冠军之路的厚重而神秘的大门，从此向中国人隆隆洞开了。"

容国团夺冠为中国队带来怎样的精神财富？徐寅生告诉记者，容国团胜利的意义不仅在于他个人敢拼敢闯，他的拼搏精神代表一个方向，就是中国运动员有信心、有能力攀登世界体育的高峰。有了容国团的开山之冠，后来的运动员拿世界冠军就容易了，20 世纪 50 年代，中国人同外国人比赛，比赛领先了或者已经感觉到对方没打好，我们都信心不足，底气不足。敢于拼搏，敢于胜利是容国团留给后人的最大财富。老将徐寅生回忆起多特蒙德第 25 届世乒赛的单打历程，记忆犹新。当时他在领先的情况下输给了美国选手，容国团同样面对美国选手，比分落后并没有放弃，硬是改变战术用搓球把对手磨得崩溃了，比赛没打完就想投降认输了。"我当时的比赛意志品质就是比不上容国团，这就是差距，这就是容国团为什么能够坚持赢得最后的胜利。"容国团自己喊出的"人生能有几回搏"的口号，感染鼓舞了我们敢于战胜外国人的勇气。

徐寅生说，1958年，容国团在当年的历史环境下，敢于喊出三年夺取世界冠军的誓言。中国乒乓球界当时没有人敢说这样的话，我们甚至想都不敢想，这点非常不容易，也是他获得成功的非常重要的思想基础。后来三次获得世界冠军的庄则栋说过，容国团对我影响最大的一点就是他敢于胜利！容国团能拿世界冠军，我们也能拿！这是一种巨大的精神力量，唤起了我们心底去冲击冠军的信念。

1961年北京世乒赛，徐寅生精神上完成"蜕变"。团体赛决赛，徐寅生在中国队落后的情况下，以一轮振奋人心的"十二大板"战胜日本名将星野，稳定住军心。接下来徐寅生又战胜荻村伊智郎，为中国队最终夺冠再添一分。

回首往昔，徐寅生一脸平静："没有经历过多特蒙德的失败，没有队友容国团夺冠的启示，没有两年时间的磨砺，就不会有我后来的成功。"

在容国团为中国夺得首冠的故地，采访他的队友、国乒元勋徐寅生，深挖国乒精神财富之内涵，这是记者最难得的收获。

2017年，第27届"三英杯"乒乓球邀请赛在北京举办，纪念容国团、姜永宁、傅其芳三位早期中国乒乓英才，他们都是在1968年"文革"中受冲击不幸离世。举办"三英杯"，徐寅生来了，容国团的夫人来了，奥运冠军马龙来了。问"三英杯"为纪念哪三位乒乓英才而举办，从小打球的马龙只知道容国团，对于"80后""90后""00后"来说，毕竟时间很久远了，三英中最年轻的容国团2017年是其80周年诞辰。

时空变换，但中国乒乓球运动员为国拼搏的精神必须传承，容国团当年夺冠为国乒带来的巨大精神财富不能丢，不能变味，要警惕当下社会对商业利益、物质欲望的追求之风，会侵蚀球员的精神与灵魂。国乒网红并非坏事，但要善于引导控制，如果听之任之，甚至有些沾沾自喜，个人膨胀，就会出问题。记者以为，目前国乒精神财富的提炼、传承和认识还远不到位。

乒乓球是超大集体项目　国球辉煌源自雄厚底蕴

国乒正在经历新的改革震荡，用元老徐寅生的话说，成绩有点起伏很正常，国乒底蕴雄厚，不会随随便便地就被别人超越。

中国的乒乓人口，谨慎估计也是数以千万计，其中高手如云，构成了超大的"国球"基座。看看每年中国业余比赛之多、水平之高，就会明白中国乒乓球的底蕴有多深厚。2017年的天津全运会乒乓球群众比赛和2017年的全国业余锦标赛，记者都到现场采访。众多业余高手强强对抗，竞争激烈、场面好看、好戏连台！

2017年在湖北黄石举办的全国业余锦标赛，有场好看的女单半决赛，广东选手段妍以0∶2大比分落后，最后3∶2艰难逆转战胜湖北好手陆莹莹。闪着泪花的段妍与她的场外教练拥抱，记者才注意到这位光头老教练——李联益。他是国乒著名的108将之一，与庄则栋、徐寅生、李富荣、张燮林等名将是同时代的球员。参加了第26届、第27届、第28届以及第31届世乒赛的备战，为中国乒乓球队的崛起做出过贡献，如今还有许多像李联益这样的国乒老将，依然对乒乓球满怀热情辅导后来人，中国各地高水平乒乓教练众多，这种优势和传承不断夯实国乒的社会基础。

中国乒协搞了多年的全国乒乓会员联赛分站赛和总决赛，甚至吸引了国际乒坛著名的瑞典"三驾马车"来华参赛，瓦尔德内尔、佩尔森和阿佩伊伦接受中国业余选手的猛烈冲击，也为国内的业余比赛增添了国际色彩。瓦尔德内尔说："很羡慕中国有这么好的乒乓球氛围。"

2018年1月在海南举办了一次别开生面的世界乒乓球大师擂台大奖赛，当今国际乒联排名第一的德国名将奥恰洛夫让3分竟然败给了中国业余选手，足见中国业余选手的竞技水平，达到了准专业的程度。

几年来，记者采访参与诸如斯帝卡全国巡回赛、"一带一路"邀请赛、中国乒协会员联赛等大大小小的业余比赛，经常可以看到众多国乒名将到场与业余选手互动辅导。徐寅生、张燮林、陆元盛、李晓东、任国强、童玲、李隼、闫森、王励勤、王皓、丁宁等都是常客。交流的是技术，聚拢的是人气，中国的顶尖人才在国家队，而国乒的雄厚底蕴却在民间。乒乓球为国争光、乒乓外交破冰中美关系、乒乓友谊连五洲，小小银球被奉为"国球"，渐渐成为民族情感的寄托，有球迷甚至说"乒乓球就是我的半条命！这辈子离不开打乒乓"。几代人都和乒乓球结下了不解的球缘。因此，善待球迷，尊重球迷，关爱球迷就是关爱国乒，大势所趋的改革也要考虑"接地气"，改革要赢得众多球迷的理解和支持，否则就难免出现始料不及的问题。

"国球"长盛不衰，关键得益于举国体制。1961年北京首次举办世乒赛，集结了全国各种打法的乒乓精英108人，后来称为108将，共同集训，许多好手甘为人梯，为保障主力夺冠当陪练。乒乓球看似个人项目，在中国它就是个数千万人热爱的"超大集体项目"。经过几代人的不懈努力，用国乒前领队姚振绪的话说，中国乒乓球能够成为王者之师，在于中国人已经掌握了这项运动的内在规律，无论国际乒联怎样改规则，中国人总是率先把握它的运动规律，所以总能高人一筹，引领潮流，立于不败之地。

"乒乓球是超大集体项目"，这是我多年报道国球得出的一种判断。新改革刚刚起步，操作方式有所变化，优势必须延续。国际乒联墨绿色的冠军长卷，可做采访索引，而中国数千万人的"球缘"故事，则永远是新闻采访的富矿。许多乒乓人的精彩故事还没有来得及写出来，我一直在想，用什么办法可以弥补遗憾。

（作者系人民日报社体育部高级记者）

我和乒乓球的半生缘

毛啸泉

　　乒乓球是中国国球，不少人有乒乓情结，闭上眼睛就能唤起儿时在水泥台上用木板打球的回忆。一位学日语的朋友告诉我：那年他刚到东京，老板立即要他换上运动服代表公司参加乒乓球联赛。在日本老板眼里，只要是从中国去的人就一定会打乒乓球。

　　我也一样，少年时代就与乒乓球结下了不解之缘，这白色的小球伴随我度过了前半生。1960 年高中时代，我曾获得四川省青少年锦标赛单打亚军，五年大学生涯乒乓球作为业余爱好也一直伴随着我。

　　1966 年大学毕业正值"文革"，知识分子被称作"臭老九"，我被分配到一座小水电站当运行工，接受工农兵的再教育，天天重复枯燥的抄表工作。年轻的我不愿青春年华伴着水轮机的旋转耗尽，我想：因为"文革"，理工大学学到的知识派不上用场了，但我还有会打乒乓球的专长哩！于是我奋笔疾书，递交了一份又一份《请调报告》……几经周折我终于在1971年调入四川宜宾，当上了重点体校的专职教练，开始了十年的教练生涯。

那时，每天下午、晚上的训练连轴转，运动衫都能拧出水来。我从选材开始，管训练，管生活还要辅导学习。家长们都说："毛教练花在体校学生身上的心血，比花在自己孩子身上的还多。"有耕耘就有收获，那些年我多次率队在全省全国比赛中创下优秀战绩，向省队、部队体工队输送了多名专业运动员，培养出全国混双冠军（代表四川省队），全军女单第三（代表成都部队），世界锦标赛女团第三，女单第五（代表法国队）等乒乓球高手。其中有我从不会打球的小学生教起，培养输送到四川省队，后加入法国国家队，获得十年欧洲及全法冠军，被称为第一批海外兵团之一的王晓明。当年还有弟子在法国、德国、丹麦等国外俱乐部打球或执教。

正当我乒乓球事业如日中天，国家又颁布了"科技兴国，专业对口归队"的政策，要求"文革"以前本科毕业，用非所学的大学生一律按所学专业对口归队，我正好属于归队之列。

离开乒乓球战线虽有些不舍，但转念一想：任何事物的发展规律正如绽放的美丽花朵，开得最鲜艳的时候是红，继而红得发紫再接下来就该凋谢了。我何不顺应局势，在乒乓事业已获成就的时刻，全身而退，转型再创辉煌呢？于是我放下球拍，拿起丁字尺，调入轻工设计研究院从事总图专业设计工作。凭着当乒乓球运动员、教练员练就的不服输劲头，一步一个脚印不懈努力，在设计院从助理工程师升到工程师，直到高级工程师……

20年设计历程过去，弹指一挥间。退休后我被儿女接到深圳——这座属于年轻人的城市安度晚年，可我总想力所能及地干点什么。一次偶然的机会看到一则深圳特区报业俱乐部招聘乒乓球教练的广告，一看招聘条件、资质我都符合，再一看年龄要求25岁以下，令我不禁倒抽一口冷气。但我想：规定是人定的，也是可以由人改变的，我就大着胆子"闯入"总经理办公室接受面试。面试快结束时，老总问及我对薪酬的要求，我回答："没有任何要求，我会全力以赴出色工作，我相信自己的能力，一年之后为了留住我，您一定会为我加薪。"老总笑了，当场拍板破格录用我为乒乓球馆经理兼主教练。就这样我拿起阔别多年的球拍，重新回到熟悉的球台旁。由于绩效显著，不到半年公司真的就为我加薪了……

退休岁月，虽年事已高但心态年轻，"身体倍儿棒，吃饭倍儿香"。每天陪客人打上一两小时球，人家是花钱买健康，我是锻炼又挣钱。我用打球挣下的"私房钱"时不时带老伴出去游山玩水旅游一趟。平时除了打球，看看电视，翻翻闲书，钓钓鱼，唱唱歌，喝喝咖啡，写写文章……晚年生活有动有静、有滋有味。

当乒乓球教练时与学生结下的深厚情谊延续至今，国外的学生回国都要专程来深圳看望我这个启蒙教练。北京的学生多次打来电话，声称包往返机票，邀我和师母去北京看奥运会。每次回四川，成都和宜宾的学生都帮我订好酒店包好筵席，欢聚一堂举杯怀旧，还在微信上建立了宜宾体校群，互通消息……人到老年"桃李满天下"的喜悦，让我感到莫大欣慰。

回顾一生，少年与乒乓球结缘，老年又回归乒乓。我在人生舞台上扮演的角色不断转换，最后从终点又回到起点。这就是我和乒乓的"球缘"。我感到：人的一生虽不能完全主宰自己的命运，但只要"永不言败"就可以不断调整心态，全方位挖掘自身潜质，保持一颗积极向上的心，健康快乐地生活！

（作者系四川省自贡市轻工设计研究院高级工程师，已退休）

转动人生的小球

尹昌龙

　　我的前辈乡贤胡适先生，有一名言：麻将里有鬼。意思是打麻将容易使人上瘾。胡适先生一生严格要求自己，在他的日记中经常为自己打麻将消耗时间而自责，但又欲罢不能。今天，我要讲的不是麻将，而是乒乓球。乒乓球里也有鬼。乒乓球对我的吸引程度，绝不亚于麻将对胡适先生的吸引。

　　说起跟乒乓球的缘分，应该有 30 多年了。那还是上大学的时候。那时候生活比较穷苦，没有更多的娱乐消费。过元旦的时候，宿舍同屋八个人，将四张桌子拼起来，用两个碗加一竹竿架起来，就组成了我们宿舍的乒乓球台。刚好有人有球拍，就打将起来。这一打就不得了，一发不可收拾，一打就打了 30 多年，乐观地估计未来还得再打 30 多年。

当时，系里没有乒乓球桌，但旁边建筑工地上有，我们就去建筑工地上打。冬天清晨，建筑工地的地面上都是霜，我们就在满是霜的旷野上打乒乓球。学校的外国专家楼地下室也有乒乓球案子，但不允许闲人进。我们就穿着黄色军大衣，把球拍藏在大衣里，趁看门老头不注意，溜进地下室过把瘾。后来，文史楼有了一张球台。我记得有一个老师家的小孩，才十几岁，是县城体校的。我俩在那儿打得不可开交，每次都从白天打到天黑，直到孩子父母来寻人了才罢手。系里很多老师和同学都不理解，尹昌龙怎么就这么痴迷打乒乓球？在文史楼有球台那段时间，我经常打得昏天暗地，渴了，就到洗手间的水龙头下哗哗哗喝几口水，然后继续打。现在回头想想，那是多么酣畅淋漓的日子。回忆起那些与乒乓球有关的青春往事，至今激动不已。

到了深圳，最早是住在老文化局的院子里，靠近巴登街。曾经的巴登街，有很多暧昧的街头景象。这些都不重要，重要的是巴登街有一个乒乓球馆。尽管非常简陋，但让我们这些乒乓球爱好者痴迷不已。经常在周末，几个兄弟，一直从白天打到夜里两点。当时我们对输球的人有一个惩罚，就是要从乒乓球桌下竖着钻过去。竖着钻，距离很长且栏杆又设得很低。我们当中有几个胖子，每次输球后从球桌下爬过来，我看他们膝盖上都擦破皮了。但往往爬出来，二话不说，再打！当年深圳的乒乓球馆，到处都留下我们的身影。现在这些在球馆打球的人都到中年了，当大家提起那些球馆、那些打球的往事时，依然历历在目。我在为媒体写专栏时，也专门写到乒乓球这一段，写到乒乓球馆里的人和事。

前两年，我开通了微博，经常写一些人生边上的感言。有一天，酣畅淋漓地打完球，我就在微博上说："人生有三大快事：有饭吃、有书读、有球打，人生足矣。"可见，能否打乒乓球已经是我人生满足不满足的标志。其实还不只如此。每周末只要有空，我都要打一场球。有时候工作特别忙，周末没法打球，我就觉得这一周白过了。自己跟自己做了一个有趣的设定，这周打没打球，是衡量这一周过得有没有意义的重要标准。这个时候的乒乓球，已经成为哲学，成为度量我人生是否过得有滋有味、是否获得意义和存在感的标准。我记得微博发完后，很多朋友点赞并评论说，有饭吃、有书读可以理解，但是有球打有这么重要吗？我坚定不移地说："重要！重要得可以成为哲学的一课。"

在打球的时候，我想起一个词，专注。在那个时候我们什么都不想，只盯着对方的发球。拉、搓、攻、挡……，所有的动作都在零点几秒内完成，那一刻，最需要的就是专注。双方都认真盯着每一个球，为有没有擦边产生争议。那一刻，我们都变回了孩子。那一刻，我们忘掉了人生还有那么多所谓的功名利禄，也淡忘了人世间没有必要的纠纷。一切都远去了，都变成了背景。在这一个瞬间，我们只关心每一个球的争夺，只关心每一拍的来回。在这一个瞬间，心里放下了、清空了。每打一场球，身体的疲惫消失了，心理的压力释放了，那是人生从没有过的轻松畅快。对于我而言，乒乓球已不仅是一项体育运动，也是自我修炼、自我释放的一种方式，更是通往人生哲学的重要道路。因此，我要为乒乓球这项爱好礼赞。

现在，慢慢人到中年，很多体育运动由于过于激烈会带来伤害，有人说那可以散步，但散步又过于单调。只有乒乓球，有点像围棋的手谈，有对话、有呼应，短兵相接，其乐无穷，很激烈，但不大会对身体造成损伤。估计能打到 80 岁吧，那时候我们依然是乒乓球桌旁的孩子，依然通过乒乓球保持着纯真调皮的内心，依然通过乒乓球来爱着这个世界。

（作者系深圳出版发行集团总经理）

乒乓是人生的碰撞

邓康延

　　我至今记得50年前在西安南关小学打乒乓球的情景。那时全国轰轰烈烈"文革"运动,我们在水泥台乒乒乓乓运动。几块砖头当网,乒乓球弹回当当有声。每个球中间有一条如赤道的缝,落在不很平的水泥台上,弹跳轨迹飘忽不定,练出一帮野路子小子。

　　"文革"盛时,大学、中学都在"造反"校长、老师,小学的课也是有一堂没一堂,无作业,只背最高指示老三篇,看完批斗看游行,除了玩还是玩,常常厮杀在水泥台旁。因为台下中空,还派生出了捉人游戏:一人躲台下,猛不丁从哪个方向钻出来,台上的人惊呼一片,推推搡搡,被摸到的再钻下去开始新一轮捉人。发明乒乓球的英国绅士无法料到,东方孩子竟能顺势玩出两种运动。

100 多年前乒乓球传入紫禁城，皇帝也只当作儿戏。谁都想不到中国人百年后竟然独霸乒坛、睥睨天下。五项球赛中，乒乓球比之篮、足、排、羽各球，球小场小，所以在人多地少又贫困的国度恣意活着，个小灵活的东方人种也善于让小球转得灵活，弄得国际乒协忙不迭地变更规矩，把球改得一会儿白一会儿橙、一会儿大一会儿小，可中国仍在国际赛场上一会儿升起国旗一会儿响起国歌，把个五洲竞赛打得毫无悬念，世人也是"醉了"。

　　中国乒乓史上，有三位国手活得既风光又沉重。一位是 20 世纪 50 年代为中国首获世界冠军的容国团，这个爱国回内地的港仔，一举掀动了千万人的乒乓热，当时神州处处土造球台，乒乓球渐成"国球"。可叹"文革"中容国团却被逼"自绝于人民"。他的队友描写他从上吊的树上放下后的遗容："很安详，一点都不难看"，我觉得这一句是"以乐景写悲情"最痛心的文笔了。另一位是小球带动大球的庄则栋，20 世纪 60 年代三次蝉联世界冠军。1971 年他偶遇搭错车的美国选手，神差鬼使地破冰了中美冷战，被伟大领袖及第一夫人垂青，成为风光无限的体育高官，之后又因挂靠"四人帮"入狱，画出一道起落炫目的大弧线。他出狱后与倾慕他的日本女子恋爱，惊动了国家领导才得以跨国联姻，也算是一球联三国的人生神来之笔。还有一位是 20 世纪 80 年代挑战举国金牌体制的何智丽，在世锦赛半决赛上她被要求输给队友，牺牲个人以增加集体夺金概率，她却一路发威直取冠军，挑战了权力的傲慢和体制的促狭。组织震怒，取消她次年参奥资格。她即退出国家队，迁居日本，几年后改名小山智丽，亚运会上接连击败邓亚萍一干人，为日本夺冠，让中国人不是滋味，媒体上一度激辩组织性和人性的不同落点。

这三位国手，是不同年代的国运和人运的缩影。

说回咱普通人打乒乓球的阅历和体会吧。我曾在北京凤凰会馆与十多位球友同事一路扣杀周旋，险夺冠军。后来回到深圳，业余时间在球馆鏖战，却总是胜少败多，唯有连续扣杀的耐劲不输，也算是个屡败屡战的顽主。深圳民间乒乓界藏龙卧虎，多有省、市队甚至国家队退役球员做球馆教练或入职单位参加竞赛，一拍横行，高人迭出。但乒乓球运动一直秉持民间草根本色，人人得守游戏规则，公平对垒，隔网而治，即便是首发球和选边站都得掷币而定，擦边擦网，更须裁判洞察秋毫，或是录像见证，容不得特权或让分，每一球都是决定你能霸坛或被淘汰的选票。此外，一台江山，英雄辈出，各领风骚不过数年，谁都扛不住太阳下山。

教练友人多次指导我，纠正姿势，以求球稳力正，无奈南关小学的野路子根深蒂固，我的球艺提升渺茫。

倒是记下些教练的真知灼见，深觉不只是针对乒乓球运动，但凡各种运动和事业莫不相通。所谓修鞋的匠人能修门道，烤羊肉的老汉也可烤出风味。身体力行到了，就像个武林高手般能隔空抽杀。

乒乓球运动融汇着技术和艺术，小球玄妙，谁打谁知道。推挡、削搓、轻吊、重扣、暴冲、反拉、左右上下弧旋……有时一板定乾坤，有时沙漏漏完一盅还在缠磨。打球讲究装备和技巧，首先选球拍，直拍横拍、生胶长胶，确定打法和风格。鞋子要合脚，拍子要顺手；鞋是脚的延长，拍是手的延长。拍子与手掌浑然一体，力道和战术搅成一团。翻云覆雨，声东击西，孙子兵法，老子道术，蚁动山摇，风起海啸——全在一掌之间。

高手们指点我的姿势动态心态，说得很是生动而实效，比如：含胸收腹膝微屈，两脚与肩宽。战势要看前三板，技术取决基本功。站台要近些，右脚稍后，拍子置于前额中线，与双脚成稳定三角形，脚踏实地，不东倒西歪，但又脚步灵活。只有精准地吊打对手，才能有效地保护自己。要逼得对手不舒服，自己才能更舒展。但不求打怪球、发偷袭球，球艺如人品，磊落端正，以力以技服人，自成格局。动作要协调平衡，手腕不要翘来翘去小动作。扣球与推挡的大拇指食指，所用力量和虚实，各不相同，多练自知。眼睛及举手投足要集中球的一点，甚至余光能看到球的背面，才说明动作准确。击球时，全神贯注，做到地方扶助中央，大臂带动小臂，站开横扫，一气呵成，如鱼雷越过海面，唰地一道银光。格斗的边界是你的拍子、他的台子以及你的眼光……这些乒乒乓乓的片言只语，或耳语在大汗淋漓的战台旁，或喧哗在大酒酣畅的餐桌上，我常常听成兵法课、哲理课、人生课。至今球拍挥舞得不上不下，愧对诸多大师、大汗和大酒。

一省队陕西乡党称：少写点江湖郎中的乒乓法子，露怯。俺答：自幼在泾渭分界处长大，无法不江湖。生性败则勇，险胜则吼，有时兴致上来，一个360度腾跃旋转、高空落地仍落在正面那一瞬，以为人生。

半世纪挥拍飞逝，西安南关小学的大操场和一排水泥台，早已被一座硕大的农业银行一屁股坐掉了，孩子们也更多地在手游里角逐运动；近来国家队又有了大赛前种子选手集体退赛的火爆事件，支持国手的微信微博上，几乎一面倒地讨伐威权的举国金牌体制。改革开放40年了，国人的金牌情结渐已淡化，民众普遍痛恨所谓为了国家荣誉，对运动员的人性摧残。乒乓球有国度、有锦标，但也有普世的体育精神，那是文明的比拼，自由的竞争，最终实现健康友爱和平的价值取向。疾风暴雨后，云白风清时。只有人类的体育精神主导了体育，才能支撑一个国家历久不衰的王者荣耀。

喜欢丰子恺的处事达观："门前溪一发，我作五湖看"；我任性些：眼前一张台，我作战场上。

（作者系深圳市国民纪录影视有限公司董事长兼制片人）

水水的故事

左 璐

　　"铃铃铃"，又是一天的下课铃响起了，这是水水10岁的一天，水水像往常一样准时出现在了武术馆里，准备参加第七、第八节的活动课。可是这一天老师没有让她练习踢腿开叉，因为武术老师说有一项更适合她的项目在等着她。于是，她被带去了另一个场馆，远处传来了乒乒乓乓的声音，让水水激动又好奇。那是水水第一次接触小银球，从此她跟乒乓球结下了不解之缘。

　　可是刚练了一个多星期，水水就出现了厌烦情绪，因为她觉得这个玩意儿对于她来说太简单了，轻轻松松一百多板，似乎不怎么费力。可是刚入门的她怎么明白乒乓球运动中隐藏的奥秘呢？在老师的耐心劝导下，她发现其实让小银球听话还是有些难度，委屈的水水哭花了脸，却又拿起了球拍继续练习，可爱极了。

匆匆一个学期过去了，期末她放弃了去北方练习乒乓球的机会，而是选择了出国游玩。在国外的这次游玩中无意间又接触到了乒乓球，打球的时候，得到了很多外国的爷爷奶奶、叔叔阿姨、哥哥姐姐的称赞，那种从来没有过的自豪感促使她有了想要好好练球的想法。假期结束了，水水回到学校的第一天，就特别渴望下午的第七、第八节课快快到来。可是当她出现在乒乓馆，并没有看到老师很开心的样子，反而把她当成了空气时，她明白问题出在了哪里，是没有在假期参加集训让老师寒了心。于是，她开始认真地练习，水平直线上升，不断地取得各种冠军，再次取得老师的青睐。

　　又过了几年，水水开始在专业队训练了。后来，水水的人生迎来了一次重要的机缘，记得在一场重要比赛获得胜利之后，坐在一旁发呆休息的水水身边突然坐下了一个陌生的身影，询问道："小朋友知不知道解放军叔叔？想不想穿上军装，继续打着乒乓球哇？"水水害羞地说着："想啊，可是怎样才能穿上呢？没有这个机会呢。"陌生人看着她笑了笑，然后从比赛场地中消失了。此后的日子里，水水回到了学校，继续上学训练。但命运似乎眷恋着她，原来当初那个询问她是否想穿军装的人就是戴指导，世界冠军戴丽丽。不久以后接到入伍通知书的水水高兴坏了！感谢戴指导选中了她，她才能光荣地成为一名中国人民解放军，成为一名专业的乒乓球运动员，那年水水 14 岁。

努力拼搏的水水在比赛中那种小老虎不服输、不怕输的样子，迷人极了。18 岁的一天，水水第一次站上了全国青年冠军的领奖台。从此她有了更高的目标，她要去国家队，去乒乓界的北大清华。为了这个目标，水水放弃了寒暑假的快乐、放弃了春节与家人团圆的日子，付出了很多，努力加上一点点运气，水水进入国家队，在闫森的指导下，开始接受最高水平、最专业的训练。在中国乃至世界范围最顶尖的乒乓球团队训练中，水水明白了自己的极限，也清楚了自己到底想要的是什么，于是她做出了一个退出的决定，为自己的运动生涯画上了句号。

离开国家队后，为了回报培养她那么多年的队伍和教练，水水开始了一段新的人生，带领着差不多 12 岁的孩子们训练比赛，水水成了最年轻的教练，那年她 18 岁。水水是认真的人，要做一件事情就会把事情做好，她对学生们严格要求，耐心指导，不希望学生们去走她走过的弯路。可是，第一次当教练的水水没有任何的经验，教学过程中出现了很多的小插曲和小问题，只能靠她自己去琢磨、去解决，和孩子们共同地成长。但这些都不要紧，只要结果是好的，让人满意的，一切都是值得的。后来水水的学生们取得了青年团队比赛的所有冠军，这是让水水那段教练生涯里最自豪的地方。又是一个人生的十字路口，又是需要做出决定的时候，那一刻她毫不犹豫地结束了教练的生涯，选择了新的道路。水水明白只有学习更多的知识，增长更多的见识才能塑造一个更完美、更让自己满意的自己。

收拾行囊，离开了北京，离开了她生活了七年的地方，来到了一个新的城市、新的单位，那年她 21 岁。那是解放军理工大学，坐落于长江之滨、人文荟萃的六朝古都南京，一所新型的综合性的全军重点院校。要问为什么选择了解放军理工大学，因为最吸引她的地方，当然还是充满荣誉感的军装。军人强烈的使命感和荣誉感，为了人民能牺牲一切的勇气和责任，召唤着水水。每次水水想到了这里，都仿佛回到了小时候听爷爷讲起毛爷爷和八路军的故事。

新的领域，新的认识，水水很感谢小银球，让她在南京的这三年里认识了很多人，特别是遇到了非常好的首长们，还有平时带领她的师父、她的同事们，还有她在工作期间同时上的地方大学的老师们，他们教会了水水很多做人的道理，让水水有了更多的见识，增长了更多的知识，知道了只有不断地通过学习才能达到更高的高度，才能有更深刻的理解认识。

再一次，水水又来到了一个新的十字路口，需要抉择的时候，她还是没有犹豫，选择了转业。这一次更多的是伤感、是不舍。水水非常喜欢那样的城市和城市里的人。可在家人和工作之间，水水还是选择了前者。首长们、朋友们、同事们都很理解她的决定，为她饯行。

她回到了她出生的地方，一个经济发达的特区，既陌生又熟悉。也正是因为小银球，她认识了很多人，也有了这次发表文章的机会，感谢鑫哥，感谢深圳出版发行集团的尹总。感谢所有人，感恩所有的遇见，也感谢她最终选择的小银球，造就了她的个性。

这就是水水的故事，一个曾经载誉无数的乒乓球运动员，一个曾经披荆斩棘杀入国家队的选手，一个曾经带领孩子们获得青年团队比赛所有冠军的年轻教练，一个曾经为国奉献青春的光荣人民解放军。这个深圳土生土长的可爱姑娘，真名叫左璐。

（作者系深圳市机关事务管理局科员）

乒乓伴我一路行

冯保安

　　岁月如梭，人生旅途的风景还没仔细品味，挎着书包偷偷溜出教室去打乒乓的儿时定格尚未消退，转瞬之间就办了离休手续。读书上学，工作持家，春耕、夏耘、秋收、冬藏，寒来暑往，日月更迭，小成功的窃喜，失意的懊悔。回想上天赋予的一生，除工作和家庭之外，最难割舍却是那个重量仅有几克的乒乓球。

一

　　小学时候，我们几个爱打乒乓球的成为一伙，放学后不回家，找个地方练球。水泥板拼成的乒乓球台，中间放一排砖块权当球网，那就是小伙伴们的"世界杯"。球台两头的不服气，旁边观战的声嘶力竭地助阵，刚上场没几下就被赶下的不甘，瞅着那头赢球洋洋得意的

"霸台",用胳膊抹一把混有着咸味的汗水,一肚子的憋气。天黑之际刚一收场,首先袭来的是辘辘饥肠,再走几步又想到烦人的作业,仅剩一丝气力还嘴上不饶人:明个再来!

对墙击球练感觉,由远及近、由少到多,由起初的几下到后来一气过千下,上球台练动作,正手、反手、接发球,坚持不懈地磨练基本功,小伙伴们个头长大长高了,对待乒乓球的那份眷恋在稚嫩的心灵里萌发。那几个比我打得好的成了偶像,小孩子的迷恋和给予是别样的纯洁,他们教我的"怪招"和"路数",都在当下的比赛对抗中发挥了作用。特别是我们的"一号高手"不但球艺高超学习也特别好,我们一天到晚痴迷着打球,做作业成了包袱,但他却从来没有误过作业,总说别忘了学习。在他的感染影响下,几个伙伴从不旷课逃学,还相互帮助解决难题,做到了运动学习两不误,成为一生挚友。

家庭严格地看管,使我没敢偷懒过作业,中学、高中到大学一路上走来,规规矩矩直至分配到单位工作。其他几个伙伴后来进了体校,到最后成为职业队员。人生分为不同的道路和职场,但对乒乓球的痴迷却情深同源,乒乓球给了他们生活的喜怒哀乐,我却在上学和工作的路上和乒乓球弦音相和,享受人生。乒乓球是我们生命重要的一部分,他们由赛场的战将转换为教练,我则从校队队员"蹿升"为机关乒乓球协会秘书长。

二

球台上的来来回回，一拍接一拍的挥汗如雨，随着球拍的一来一往和心智的成长，小小的白球滋润心田使我领悟了很多人生哲理。

青少年时期的打球靠的是激进，越是想赢怕输后果越是惨不忍睹，人还稚嫩，球技有限但却眼高手低，争牌上奖台的冲动引来阵阵心血来潮。先是输球后教练总结的训斥，再接着就是日常训练中握拍、力度和击球点丝丝入扣的基本系统训练。赢了几场球尝到了甜头，明白了基础和循序渐进的"灵验"，悟出后将此方法移到学习上，加强了公式、定义和单词这些基础部分的投入融会。为了参加集训提前完成作业；参加比赛落下课程后，回校后首先是快速补上后方能心安；打球中的"主动进攻"启发了我们对课程的提前预习。老师教完本章节后，前置性自学预习下一单元，上课时集中精力解决预习不明白的地方，突出了重点，学得还轻松，作业自然不在话下。参加比赛届届不落，印着校名的比赛服引来满校园的羡慕。

乒乓球的热爱需要时间的分配，时间的有限促进了对时光的珍惜，更有校际比赛获奖后成为"小名人"后加倍的自律。除此之外，从小身体单薄的我，伴随乒乓球的训练比赛，却是异样地结实。

人到中年，工作任务重，棘手问题多，遇上省级以上大型会议或者文件材料编审，责任压力山大。特别是时间紧迫时，一边是事务、会议以及接待的穿插，一边是会议材料的时限要求，身心处在一个极其紧绷的状态。整天的文件讨论和整夜的起草修改，还有质量把关不敢懈怠，使我常常陷入煎熬的境地。这时候，约上同事带上乒乓球披挂上阵，几圈球打下来浑身冒汗，再去冲一个澡，疲惫消失了，不听使唤的大脑恢复了高度集中。用惯了的笔尖仿佛流出了华彩的"灵感"，计算机的键盘与意识在"神交"，联想词组在显示屏上个个起舞。到了关键时刻，何以"超脱"，唯有乒乓，老伙计伴随我闯过道道难关，脑力煎熬困顿的最后突围还得球台上的厮杀转换。

过了50岁，对人生有了厚度的体会，球场上少了脸红脖子粗，处世中多了宽容与理解。工作上意见分歧一时难以统一时，下班后约人两场球下来，边洗澡边交换意见，很多磕磕绊绊烟消云散。

体育精神远不止是输赢、获得奥运冠军和登领奖台，远不止是一块金牌，在金牌和成绩的背后，那些甘苦只有自己去品味。体育竞技的提升，一天不练自己知道，两天偷懒教练发现，三天荒嬉场上立马见分晓。人生旅途就类似于场场比赛，一分耕耘一分收获，功夫不负有心人，遇到黑暗时绝对不要停下脚步，要自己去寻找光明。工作生活中越是艰难的时候，越要坚守自我炼狱般的努力和改变，凭着这股韧劲儿，不断挣扎，某一天就忽然发现自己换了一个人似的，变得更平静，也更加有力量，这就是体育精神的真谛。

三

人类活动中，有两样比较特殊和类似，一是体育竞技比赛，二是战争攻略。它们都是依靠岁月中的日积月累，在瞬间当口火光十足，分出高下且检验出对抗的直接成果。还不都是依靠切身体会和经验积累后再总结出理论，经验成熟后才能再度指导现场实践。

年少时想赢怕输，说易行难，困兽犹斗，看重的是结果。特别是输了自认为不该输的球，就像在黑暗中迷了路，找不到回家的方向。经过教练的循循善诱和对策论般的解析，找到方向和原因后对症苦练，再去一步步攻垒。打球训练最大收益体现在争第一、珍惜时光和注重基础训练三个方面。后来引申到学习方法和自律养成，但意识不到过程载体积淀的固其根本之道理。

青年时期的乒乓业余生涯讲求的是技术积累和突破，认识到量变到质变的规律。若一段时间打球老是徘徊不前，就好像有一个茧困缚住了人，自己没有足够的能量，让它一瞬间炸裂。百般无奈后在茧里不断地蛹动、再蠕动，一次不行，两次，三次，五十次，一百次……突然有一天发现好像这个茧松了。工作和生活中也是一样，你会遇到无数个难关，人生旅途谁能一路坦途，但乒乓训练是滴水穿石之功，咬定青山不放松的性格炙烤，会让你坚信突破口有了后，接下来就是破茧化蝶的二次腾飞。

小小白球驰骋在球网两侧，盯住对方的手势，猜测球旋转的方向，下一拍回球的算计。分分秒秒，来来回回，表面上是一分一分的多少，实际上却在演绎着智慧和哲理。中学时期认识到国学的博大精深后，在小时候练乒乓的基础上开始练太极，吸收中国太极精华的收放有度、内敛之功。融会贯通把一拍一拍的击球拿捏得得心应手，你就是赛场高手；站在台案一端倘若松静自然，你就已经增添几分胜算。更有太极背后道家的利他、护生和随缘，会在人生中兼收裨益。

乒乓赛场讲的是博弈胜负之泾渭分明，道家太极"利他"境界实质看的是"增量"和"借势"。因乒乓之缘，我的朋友由古城西安遍洒全国。球台友谊，复合交流为中外商务工作加分。

因国际商务交流，工作中结识了德国人路登先生。他是一家有100多年历史的家族企业的掌门人，有着日耳曼民族2米高的大个头，谦卑中不乏直率，稳健中多了几分睿智。我们因工作而认识了对方，深聊中发现同为乒乓球迷恋者，虽然语言上障碍不小，但每次见面都有着久别重逢的亲近，与代表团的其他成员感觉不一般。一来二往，三场五局球打下来，从球技切磋到相互敬重，由商务交流至工作落实，小小乒乓球化解许多工作环节中的障碍。除了工作上取得的成果，虽然中德天各一方，但我们至今一直保持联络，共同祈盼再次见面后的挥拍。

刚退休那阵，像是骤然间刹车，说实在的一下子还很难适应，忙了一辈子工作，忽然间没了压力总是感觉少了动力。这时候，几局酣畅的打球找回了当初，猛然回眸，身边的小小乒乓还是那样不离不弃。冷静打量，今后的生活和健康保持还是离不开这位"老伙计"，假以他年，犀利的挥拍尚能几何？球台之侧，尚存多少当年的气定神闲？但不管怎样，我与乒乓一路相依相随，无怨无悔，更有再度奢望，在生命的后半程君勿弃愚，永以为好！

（作者系陕西省商务厅副巡视员）

削球手

朱少军

当我漫步在乒乓长河岸边的时候，
总会让储存的记忆萦绕心头。
从容国团、邱钟惠到张继科、李晓霞，
不知有多少个世界冠军横空出世，
在惊心动魄的搏杀中将金牌尽收，
透过乒乓历史的雾霭，
让久居巅峰的美梦一次次停留。

而在我的心中，
却有这样的英雄：
你，
经受了无数次化茧成蝶的历练，
在兴衰沉浮中品尝着命运苦酒。

你，

即使壮志未酬，

也能让不老的岁月，

写下永恒的春秋。

有人说，

你是乒乓家族的浪子，

形单影只，

孤独行走，

负重的脚步却一刻不曾停留。

有人说，

你是百花中的"奇葩"，

争奇斗艳，

尽显风流，

却把乒乓世界点缀得格外锦绣。

而一旦需要"奇兵"的时候，

你立即披挂上阵投入战斗，

进退间将旋转变化做到极致，

攻守处演绎着神一般的节奏。

你时而施展魔法，

令对手不停地叹息摇头，

时而弃守转攻，
似闪电霹天将对手一剑封喉。

然而风雨过后，
你却收拾起行囊，
已经朝着天的那头，
默默地走了很久很久。

这——就是我心中的英雄，
如神一般的削球手！

我知道你有多么的艰辛，
艰辛的你一直在不懈地追求。
再难熬的训练你咬牙坚持，
一次次的攻防转换，
一回回的奋力扑救。
疲惫的身躯与滴滴汗水相伴，
任幸福与委屈的泪尽情地流。

我知道你有多么的孤独，
孤独的你像沧海中的一叶小舟。
在浩荡的蓝色中寻找前进的灯标，
在喧嚣的海浪里把命运的苦涩感受。

默默地等待只为一生坚守,
缤纷的彩虹总在风雨过后。

我知道你的心中也有激情和梦想,
澎湃的惊涛骇浪,
满天的云月星斗。
豪情在,
风雷吼,
技惊四座精神抖!
逼大角,
顶重板,
远近攻削放高球。
关键时刻攻城拔寨,
亮剑之处摧枯拉朽。
这一切只为五星红旗冉冉升起,
让义勇军进行曲在赛场上高奏!

啊,削球手,
有人把你比作"秘密武器",
其实,
你的神秘并非神话般的虚构:
赏心悦目的打法让人陶醉,
独特的技术风格纵横左右。

球迷的心中你就是艺术大师，
对手心中你却是难缠的魔兽。
你用执着守护着心中不朽的使命，
你用实力捍卫着自己的那片绿洲。
志存高远，
深藏不露；
激情澎湃，
挺胸昂首！

当我抚摸那七座金灿灿奖杯的时候，
多么想与你心贴着心地交流：
听你讲那伟人们导演的"乒乓外交"活剧，
神奇的赛璐珞小球转动了地球。
让你述说35届平壤阻击战的往事，
令朴英顺"三冠"美梦付之东流。
陪你聊聊天津世乒赛的神兵天降，
冲破险滩的男乒们再次勇立潮头。

谁说削球手们总是"配角"？
骄人的战绩早已将国球的辉煌写就。
张燮林、王志良的神削一飞冲天，
上演了中国男人的双雄首秀；
林慧卿、郑敏之舞动的乒乓芭蕾，

让考比伦杯第一次落户华夏神州；
梁戈亮、陈新华的长胶两面倒板，
黑红间搅得世界乒坛风生雷吼；
更难忘葛新爱、童玲女单折桂，
场场比赛堪比神话般的卓绝战斗；
43 届丁松那闪电般的削中反攻，
打得卡尔松一筹莫展满地找球。

当苏州世乒赛硝烟散尽的时候，
心中依然回味着武扬丁宁鏖战的镜头。
那场面，酣畅淋漓；
那阵势，气吞宇宙！

啊，削球手，
你是天边那道美丽的风景，
你是我心目中永远的朋友。
无论你身在何方，
无论你成败与否，
我会像宠着心爱的姑娘一样，
一直把你等候。
胜利时为你欢呼雀跃，
失败时为你抚慰伤口。
烦了，我给你讲故事，

累了，我会背着你走。
来吧，朋友，
荆棘之路你我一定共同携手，
肝胆相照，
风雨同舟。

来吧，朋友，
给咱们英雄的碗里斟满美酒，
叩首相拜，
一醉方休！

当你簇拥着鲜花华丽转身的时候，
我会在那遥远的地方向你挥手。
心疼你啊，
我的朋友。
曾经的辉煌已如云烟，
明天的路啊依然要走。
快点放慢疲惫的脚步，
赶紧调整生活的节奏。
因为在这条路上，
你已经走得太久、太久……

（作者系北京市供销合作总社纪委书记）

我的乒乓往事

乔泰阳

　　我是退休军人，虽然我 70 岁了，但我觉得我的年纪不大，是个"70 后"；球龄不长，也就 60 年。可能与我国乒乓球运动是从 20 世纪五六十年代兴起有关，那个时期许多青少年喜欢打乒乓球。刚开始我们用光板在水泥台上打，在课桌上打。为了练习球感和反应，有时对着凹凸不平的墙面打，或在光线昏暗环境凭感觉打，从来不知什么是累。1960 年上小学六年级时，参加南京市玄武区少年乒乓选拔赛，我获第三名并获少年级运动员证书。这次获奖使我看到了希望，增添了兴趣。

　　我考进南京九中后，就被中山东路体育馆少体校乒乓球队招收入队。在胡中干和肖卫华教练带领下，开始接触专业训练；汪水莲是女队教练，也时常指导我们。当时他们训练正规，要求严格，作风严谨，培养了许多优秀球员。我是左推右攻的打法，徐寅生、李富荣便成为我追崇模仿的偶像。1964年全国乒乓球锦标赛在南京中山东路体育馆举行，我作为球童在赛场服务，非常庆幸能近距离观摩他们打球。这次比赛之余，世界冠军郑敏之等一行人走访获得南京市中学乒乓球团体冠军的第九中学，并进行友谊比赛。我与著名国手马金豹互动时奋力进攻，他固若金汤，并不时指点，使我受益匪浅。就在我踌躇满志实现"乒乓梦"的时候，在一次中学单杠考试中不慎摔下导致右臂骨折。虽然臂伤恢复半年后仍然坚持训练，但关键部位的伤病还是使打球受到不少影响。

1968年，我参军来到山东，是支担负机动作战任务的部队，没有固定营房当然也没有乒乓球室，只能参加其他运动。后来建起了营房，团部机关才有乒乓室，我就重拾球拍，利用节假日打球。当了连队领导后就想方设法改善打球条件，并组成团乒乓球队参加师运动会获得了冠军，又带队到军部参加比赛，还利用野营拉练机会与各地球友过招。1978年，我调到南京军区空军后勤部机关工作，作为主力队员兼教练，参加南京军区空军机关1980年"团结杯"赛获得团体冠军，引起有关领导的关注。到了20世纪90年代，我先后担任南京军区空军后勤部参谋长、副部长，这段时间因为工作繁忙再度中断练球。2000年初，我调到北京担任空军后勤部副部长，一个偶然的机会又拿起了球拍。当时我哥哥乔晓阳（全国人大常委会法律委员会主任）与世界冠军庄则栋比较熟，就带我到北京市少年宫打球。庄指导热情欢迎，悉心指教，并送了我一副球拍、一本书。给我印象很深的有两件事：一是有一次打球间隙，我们兄弟与庄指导议论健身方法，他边说边做，连续做了八九十个俯卧撑还是神态自若，大家都赞叹不已；二是有一天我练对攻，他站在旁边观察后主动讲解攻球的要领，反复做示范动作，使我非常感动。那两三年间，每到周末我就去少年宫打球，遇到不少乒乓高手，收获不小。以后，我组织了空军后勤部机关乒乓球队，每周坚持练球，我们既是好球友又是好战友，一直到现在还一起练球；同时联系安排到地方球馆打球，以球会友，切磋交流，先后得到陆元盛、刘秉泰、丁松、郑延靖等教练和高手的指点，受到不少启发。

我退休以后，有更多的时间打球，也有更多的时间思考，从而获得了更多的乐趣与感悟。2012年我参与北京将军乒乓球队的组建，有幸与驻京各大单位的将军们一起训练比赛，银球传友谊，乒乓健身体，丰富了退休生活。这一年，我代表空军队参加了驻京部队乒乓球友谊赛，时任中国乒协主席徐寅生来到赛场指导并颁奖，我就抓紧机会与他叙谈，并赠送我父母所著长篇纪实小说《掩不住的阳光》。过了不久，我在上海唐薇依乒乓俱乐部巧遇徐主席，只见他老当益壮，攻球有力。他还过来观看我打球，并手把手地指导练习推攻；当晚我就请他聚会，大家畅所欲言，相谈甚欢。2014年1月，北京新四军研究会组织"铁军杯"乒乓球赛，我与马金豹老师在分别半个世纪后又见面了。他是特邀嘉宾兼教练，我是比赛组织者和选手。我兴奋地对他讲起在南京九中的那段往事，就又互动起来，尽情分享因球结缘而带来的喜悦。那一天，我们成立了北京铁军乒乓球队，一边组织训练比赛，一边弘扬光荣传统。随着年岁的增长，我特别想念当年的教练和球友。在老同学和球友吕婉珠等人的热心帮助下，我利用清明节回南京的机会，邀请当年少体校的教练和队友们聚会活动，见面叙旧，切磋技艺，交流感情，其乐融融。

多年来，特别是有一定领导职务后，我打球讲四句话：一是"不怕输"，减少让球，既能使对手充分发挥，又能使自己真正得到提高，愿意与你打球的人还能不断增多；二是"不服输"，输球不泄气、不回避，找教训，想办法，做到有目标、争上游；三是"学习交流"，学人之长，补己之短，学无止境，共同提高；四是"快乐健康"，打球就有输赢，快乐最为重要，赢球自得其乐，输球助人为乐，保持这种心态打球，有利于身心健康。由于我年轻时右臂受过伤，对球技的研练也有限，没有取得突出的成绩；可是与张继科的一次互动，经《乒乓

世界》报道后在圈内一时传为佳话。那是发生在 2012
年的一件往事。当年 9 月女子乒乓球世界杯决赛在湖北
黄石举行，该市结合举办"第三届国际乒乓球节"，我
作为特邀嘉宾回家乡参加活动。在当地组织"万人乒乓
球赛"各单项冠军与世界冠军的互动环节中，我请缨上
阵，有幸与伦敦奥运冠军张继科进行互动。互动比赛采
取"5 分制"，先得 5 分者胜。上场之前，蔡振华副局长
提醒抓紧准备活动，防止受伤。互动开始后，让我没有
想到的是，张继科既尊重人又友好，不发比较钻的球，
也不主动进攻，主要是控制球，多打回合，重在表演。
在世界冠军面前，我没想应如何表演，只是想多打上几
个球，输球也不能太难看。抱着这样的想法，我每打一
个球都使出浑身解数、全力拼搏，多数球都打上了球
台。这时，球馆内两千多名观众就报以热烈的掌声和欢
呼声。我从小属于比赛兴奋型，此时受到鼓舞，连打带
吊，越打越有劲。张继科先是任凭我进攻，站在中远处
放高球，后来也回击了几下。看着如此精彩的比赛，主
持人和裁判员甚至都忘记了比赛规则。我先得到 5 分，
却没有人宣布比赛停止。直到记分牌显示，我 8 比 6 领
先，观众们大声呼喊时，主持人连忙宣布：已经超过 5
分了，乔将军取胜。这时，我才回过神来，走上前给张
继科敬了个礼，握住他的手轻声地说："继科，我给你敬
礼，因为你奥运夺冠，为国争光；我给你敬礼，还因为

你让得太多，是拥军的表现啊！"张继科笑笑回答："老首长好。"在全场观众的热烈掌声中，我们与裁判员一起合影留念。回到主席台，有关领导都说，真没有想到老将军的动作还是这么灵活。刘凤岩主任则提醒我打球要注意节奏。这句话点中要害，指出我打球存在的问题。当晚，参加国家乒乓球队奥运庆功会时，不少领导、教练和运动员都给予鼓励，使我沉浸在喜悦和友情之中。这时我深深感受到他们的用心良苦，都在用不同的方式，鼓励乒乓球爱好者更加喜爱这项运动，更多投入到这项运动中来。

（作者系空军后勤部原副部长）

我与乒乓球有个约会
——《魔力乒乓球》原序

刘东风

乒乓球运动是一项游戏活动

乒乓球运动起源于英国，英语把乒乓球称为"table tennis"——桌子上的网球，那是因为乒乓球是由网球发展而来。19 世纪末，欧洲盛行网球运动，但由于受到场地和天气的限制，一些大学生便把网球移到室内，以餐桌当球台，以书作球网，用羊皮纸作球拍，在餐桌上打来打去。1890 年，英国运动员吉布从美国带回一些玩具赛璐珞球作为乒乓球，这便是现代乒乓球的始祖。由此可见，乒乓球运动来源于游戏。

从乒乓球形状上看，它是圆的。圆的好玩，能滚能转能弹跳。所以有"双龙戏珠""醒狮抢球"等民间传说，就连小猫咪见了圆圆的毛线球也会喜欢得不得了。

从乒乓球的颜色上看，它分为橙色和白色两种，加上它飞行的弧线，把它比作"雪山飞狐"是一点也不过分的。想想看，白茫茫的雪原上，一只火狐狸或银狐狸在飞蹿，那可爱的身姿，那优美的弧线，多么令人玩味！

从乒乓球弹跳的声音来听，"乓乓""乓乓乓""乓乓乓乓""乓乓乓乓"，这是多么动听悦耳的乐曲，这是没有忧虑的声音，这是人生中最欢快的节奏。所以，与其说是打乒乓球，不如说是玩乒乓球。玩才有乐趣，才会轻松，才会乐此不疲。

乒乓球运动是一项健身健心的活动

乒乓球运动首先是一位了不起的塑身大师。因为乒乓球运动属于有氧运动，四肢和腰部得到锻炼，更有效的是不停地扭腰转体，减少腹部脂肪的堆积，可以把"啤酒肚"瘦下来，让你的四肢灵活，体态优美，曲线俊朗，就连走路的姿势也变得好看了。

乒乓球运动其次是一位让你肢体协调的专家。在乒乓球运动中，尤其是拉前冲弧圈球时，挥拍的速度＝蹬腿的速度，即重心转移的速度＋转身的速度，或称为转腰的速度＋上臂的速度＋前臂的速度＋手腕的速度。而要使这些速度叠加，只有动作协调才能完成。长期进行乒乓球训练，你四肢的协调性就会得到很好的培养。

乒乓球运动再次是一位资深的心理健康咨询师。现代人的生活节奏快，工作压力大。平时挥挥拍，活动活动筋骨，除了锻炼身体之外，还可以释放精神压力，增进与人的交流。在比赛中感受运动带来的快乐，同时还培养一种良好的心态，如正确看待输赢——不仅要赢得起，还要输得起，怎样与高手过招，怎样超越自我，等等。

乒乓球运动还是一位智力开发大师。乒乓球速度快，旋转变化多，要求在短时间内对来球做出准确的判断并迅速采取相应的回接措施。在运动中必须眼耳并用、手脚齐驱、专心致志，分析判断要用脑，揣摩对方的心理要用脑，快速拿出战术套路也要用脑，如果思路不清、反应迟钝是不可能打好乒乓球的。所以，一位高水平乒乓球运动健将，同时还是一位智商很高的聪明人。

乒乓球运动是一门科学

乒乓球运动对器材要求很高，不同的器材能打出不同的球，不同的器材适合不同的打法。这就牵涉到材料学。球拍的材质、胶皮的品牌、胶水的性能等都是值得研究的内容。现在市场上出售的球拍和胶皮，有的在硬度上做文章，有的弹性显得格外突出。像钛金属板，这不仅是一种材料概念的引入，更是一种技术上的革新。钛原本是一种质量轻、硬度大的稀有金属，现在有一种球拍加入了钛金属纤维，板材弹性好，击球速度快，人称"暴力型"球拍。从器材的制造到革新，无不体现了科技的含量。

弧圈球为什么会产生优美的弧线？这不得不说说流体力学。通过风洞试验，我们可以验证伯努利定律：在一个流体中，流速越快压力越小，流速越慢压力越大，二者之间就会产生一种压力差。飞机之所以能飞，就是因为这个压力差。拉出的弧圈球，底部速度快，压力小；球在向前旋转时上部遇到空气阻力，速度减慢，压力大。这样，乒乓球上下的压力不等，便产生了弧线。

在击球时，还会用到杠杆原理、单摆原理、圆周运动转直线运动、摩擦力等物理科学理论。

乒乓球运动是一种文化

乒乓球运动包含很多哲学思想。如攻和守，这是一对矛盾，攻守平衡是矛盾的对立统一，以守为攻或者转守为攻，是主要矛盾和次要矛盾的转换；如稳和狠的辩证关系，太稳就不够狠，太狠就意味着不够稳；如果球是"圆"，那么拍就是"方"，用拍击球是方和圆的对话，是个性与共性的矛盾，在这里只有让拍去适应球，而不是让球适应拍，也就是说不能一味地强调个性，个性要尊重共性而存在；击球是动和静的转换，是相对论；此外还有对某一技术的多次训练，由量变到质变，球技成螺旋式上升，等等。

从乒乓球运动中还能找到汉文化的特点。我国的儒家思想倡导和谐与仁爱，用拍击球如果击出理想的球来，说明拍与球的对话和谐。因为乒乓球最讲究细腻的技术，差之毫厘，失之千里，只要一个动作没做到位或者有丁点儿差错，球就会出界或下网，失误就是失衡，不和谐。削球最需要柔性、韧劲，不要太狠，面对各种来球要用勇气和智慧来应对。削球好比你手中握了一把仁道之剑一样，不管哪种球都"吸"得住，不管哪种球都削得出，不温不火，不紧不慢，不急不躁。乒乓球的挡球技术，就好比一把不带杀气的我国传说中的湛卢宝剑，虽然不具有杀伤力，但它的温和对保护好自己十分有利。所以说"君有道，剑在侧，国兴旺。君无道，剑飞弃，国破败"。这些都蕴含着我国传统文化的精髓。

乒乓球的打法中还有许多军事思想。"奇正相生，正合奇胜"这是古代军事家孙子的名言，他告诉我们防御和进攻的道理：守要守得住，守得稳，但一味地守不是取胜的法宝，而要出其不意、攻其不备。我国古代的

《乒乓赋》书法作品

《三十六计》在打球时也用得上。如使用长胶，自己控球不容易，对方回接更困难；有时动作不到位的一个很别扭的回接，对方同样也很别扭。这种先苦自己再困对方的打法就是"苦肉计"。

我热爱乒乓球运动，也希望大家热爱乒乓球运动，更期望大家在乒乓球运动中找到属于自己的那份快乐！

（作者系深圳市福田区梅山小学校长）

难忘乒乓情，不解乒乓缘

刘昌艺

　　我小时候受哥哥的影响，喜欢上了打乒乓球，可当时条件很差，只能在水泥台子上、桌子上打打球。球艺也很差，打比赛上不了场，只能当观众。1965年考上北京五中后，报考校队未被录取，自己还难受了一阵儿呢。后来代表班队参加了年级的乒乓球比赛，虽未取得名次，但总算得到些安慰吧。我特别羡慕校队的王展中、刘小明、林红健等人，他们经常与外校球队打比赛，或请专业队员来打表演赛。记得我校球队在"文革"前历尽艰辛，荣获北京市中学生团体冠军即将参加全国中学生比赛时，由于众所周知的原因，结果可想而知，非常遗憾，就如同自己要去参赛似的。

　　1969年4月到吉林省扶余县插队后，也没有条件打球锻炼了，体质下降，经常得病，记得有一次感冒咳嗽一个多月都没好利索。后来调回北京后，自己下决心要好好锻炼身体。这样一边工作一边抓时间打打乒乓球。没想到的是身体也好了，球艺也涨了，经常参加街道、区、市、全国及国际级比赛，并取得了不俗的战绩。曾获得世界元老明星赛男子单打第三名两次，男子双打亚军、季军各一次；2014年获全国乒乓球协会会员联赛60岁组单打第三名；2007年获全国乒乓球协会会员联赛50岁组男单第三名，被中国乒协授予"业余运动健将"称号；也曾与世界冠军梁戈亮、闫森、李慧芬及谭瑞午、王志军、瓦尔德内尔等人交过手；也曾与20多位前世界冠军（包括庄则栋、徐寅生、李富荣、邱钟惠、张燮林、王家声等人）合过影并签名留念，令人难以忘怀。我弟弟受我们哥俩的影响，也喜欢上了乒乓运动，而且我们哥儿仨经常在一起交流切磋球艺，组成兄弟队参加过几次市级比赛，并获得过好的名次。

回忆往事，其中最难忘的一次是在2005年11月15—16日在西直门康弘乒乓球俱乐部由德国多尼克公司举办的"常青树瓦尔德内尔业余乒乓球表演赛"，我有幸报名参加了比赛，并获得了男子50岁以上组单打第五名，获得了与老瓦打一场7分制的表演赛的资格，虽然以5∶7失利，但高兴的心情无法形容，机会非常难得啊！感谢多尼克公司为我们提供了这么好的机会，使我们有幸近距离接触国际乒坛名将。老瓦亲自为各组别的前六名运动员发了奖品，我还利用比赛的间隙与老瓦合影并请他签名留念。老瓦风度翩翩，热情友好，不愧有"乒坛王子"之称，给我留下了深刻的印象。

说到老瓦，全球大概没多少人不知晓，他是世界乒坛的男子第一个大满贯得主，多次世界锦标赛男团冠军主力队员，两获世锦赛男单冠军，他也是世界杯、奥运会、欧锦赛及各种公开赛的冠军，堪称"乒坛常青树"。少年时代曾来华受训，一手刁钻的发球，变幻莫测的球路，对冲弧旋球的相持能力，令人拍案叫绝，有"游击队长"之美誉。他曾与中国六七代国手较量过，如从20世纪80年代至今有蔡振华、江嘉良、陈龙灿、韦晴光、滕义、马文革、王涛、刘国梁、孔令辉、王励勤、马林、王皓等人，共同为推动世界乒乓球运动的发展做出了巨大的贡献，永远值得我们尊敬和爱戴！

与老瓦打完表演赛后，央视体育栏目记者分别采访了我们，并于11月18日晚间体育节目中播放了采访内容。我们真诚地希望，今后多开展类似的活动。为提高全民整体素质而努力，共创健身事业的美好明天！

通过几十年的不懈努力，健身打球，今年65岁的我，体力充沛，连续打几个小时的乒乓球也不觉得累，许多人说我就像50岁的人，一点儿看不到快"七张"的影子。我自己也深有感悟，"生命在于运动，健康在于锻炼"，只要你热爱生活，选择适合自身运动的体育项目，并能持之以恒，付出一定的体力和精力，不但可以健身防病，广交朋友，增进友谊，陶冶情操，还有可能取得一定的成绩。这可真是今生今世不解的乒乓缘啊⋯⋯

（作者系全国著名中医儿科教育家）

银色旋转
—— 我的乒乓球经历

刘海栖

我是在南京上小学那会儿开始学着打乒乓球的。

那个时候第 26 届世界乒乓球锦标赛已经打了，庄则栋和中国男队拿了冠军，中国在世界上扬眉吐气，国内掀起了乒乓热。我那时在南京小营小学上学，小营小学是南京军区空军的小学，就在部队大院里，小学的主楼是一座飞机大楼，前面有一个足球场，足球场东边靠围墙的地方有一排平房，那里有一间房子放着乒乓球台，几个喜欢打乒乓球的小孩就去打乒乓球。学校里大多数学生喜欢在足球场上踢足球，打乒乓球的不多，有几个高年级的学生打得好，我们就看他们怎么打，他们不打了我们就上去打。

1964 年，全国乒乓球锦标赛在南京举行，我爸就带我去中山东路体育馆看比赛，我是把乒乓球拍揣在怀里去看球的。离我的座位最近的一张台子上，有个穿黑色运动服的男运动员，打起球来把地板跺得哐哐响，看着真过瘾。我发现一个问题，这个运动员用的球拍在灯光底下闪闪发光，我心想这是怎么回事，我们的球拍上的胶粒不会发光呀。后来我就知道了，那位跺地板的运动员名字叫余长春，用反贴胶皮拉弧圈球，那届比赛他拿了男双冠军。我回家后，把球拍包上玻璃纸，但一试，根本没法用。

当年年底，我就随父亲转业到了济南。这时我上小学四年级的上学期。

济南的这所小学叫经二路小学，也有打乒乓球的地方，我就拿拍子和同学打乒乓球。我在南京跟高年级同学学了一招下蹲式发球，其实有些合力，但没人懂，我一发，特别转，没人能接得好，我一下子就成了学校的乒乓球高手，得到了更多的打球的机会。

不久，业余体校来学校招生，我是学校的前几名，教练来看了看我们打球，就把我招去啦。

从此，我每天下午下课后，都走很长一段路，到业余体校去练球，开始了一段正规的训练生活。

那一段时间我对乒乓球特别着迷，练球时好好练，回了家，还把破乒乓球用线吊起来，对着它做模仿动作，我们把这叫作比画姿势。业余体校的教练每天训练结束都要给我们读一段书，是《乒乓五虎将》里的内容，徐寅生那篇我们根本弄不懂的《关于如何打乒乓球》也读，那时就是想把乒乓球打好，为国争光，短期目标是考进济南五中，那是半体半读的学校，一边读书一边打球。

不过没等到那一天，就来"运动"了，学校停课了，业余体校也没了，就不再打球了，去玩别的事情了。

1970年底，我参了军，那年我16岁。

我入伍到了警卫连，和我一起参军到警卫连的，都是打篮球的，我是因为会画画被招去的，排队和那些高我大半头的大个子站在一起，有些自卑。不过没等太久，部队为了准备参加军区运动会，开始选拔乒乓球运动员，我就从连队打起，一下子打到了师队，代表师队去参加军里的运动会，又入选了军乒乓球队。不过那次参加军区运动会我加入的是二队，我们军乒乓球整体水平不是很高，就我这样的都进队了嘛，也没经过太多的训练，一队的运动员主要是参谋、干事和老兵，我才18岁，又是新兵，当然就在二队，不过比赛时很多人评价，说你们二队比一队打得好。

军区比赛结束后，军里就正式组建乒乓球队，我入选了。我们师里不希望我被调走，因为我那时在司令部测绘班，这个班出来都是作训参谋，认为我有培养前途。但军里调人不放不行，而且说实在话，我的确喜欢去打乒乓球，在部队当体育兵很威风，又不用像在警卫连那样老要半夜爬起来站岗，我就高高兴兴地打起背包去了军乒乓球队报到。

军乒乓球队是放在军直防化连，单独一个班，练球时就单独训练，平时就和连队一起活动。有时要去陪军首长打球，我们军的军长喜欢打篮球，很多人陪他打，他只要一拿到球三步上篮，大家就闪出一个胡同，他从胡同里走过去，把球扔进篮筐，其他人一致鼓掌。我有一次不知天高地厚，去抢军长的球，军长问这个穿红背心的小孩是哪里的！一时传为美谈。我们副军长秦镜喜欢打乒乓球，我就经常陪他打。

　　在军球队打了两年球，主要是和球队的翟焕民练。他的球好，直板两面攻，后来他复员在淄博业余体校当教练，带了不少好队员，可惜39岁就得病去世了。在军球队打球倒是挺快乐，球技也增长，有时间就和地方的球友过招；体育兵也风光，穿上运动衣也吸引眼球，还不用站岗。不过后来就发现问题了，这个问题还蛮严重，就是入不了党。那时如果一个人当了几年兵没入党，那可是大事，家里这一关你就过不去。而我们球队是挂在防化连，又不给连队出力，又不站岗，有时候吃得还不错，人家凭什么叫你占人家的指标入党！我一想，这样下去可不行，我就去找副军长秦镜，把我要回原部队的想法告诉他，秦副军长很理解，马上同意，我就回了原来的部队。努力一番，入了党，就复员回了地方。

　　然后进了出版社，那年我22岁。

　　报到头一天就发现一件乐事，一起的复员兵里有一个熟人，熟人名叫李新，我们是在军区比赛认识的，他以前也在业余体校，但他比我大，那时不熟悉，他入伍后去了炮兵连，代表炮兵连参加军区比赛。又续上了球缘。我们到了出版社不久，就组了个队，就我们俩，参加济南市的乒乓球比赛，第一次打，两个人打三人团体，就打了济南市的第四，在小组里就把上届的种子队打掉了。从此，山东省出版局的乒乓球队名声大响。我们俩到处去打比赛，济南市打球的都知道我们，很快交了一些朋友。李新后来当了山东美术出版社社长，把山东美术出版社搞得风生水起，后来又调到上海，担任著名的上海人民美术出版社社长。我们又一起参加新闻出版总署每年搞的乒乓球比赛，他代表上海，我代表山东，又成了对手。不过始终是最好的朋友。他只要到济南来探亲，就带上球拍，我们找地方打一次球，我们都老了，但由乒乓球建立的友谊一直持续着。

1981年我上了个学，是山东师范大学的干部专修科，学制两年。去了以后，顺理成章地就进了校队，因为很快要打全省大学生运动会了，要抓紧训练。山东师范大学有体育系，体育系里有乒乓球专业，但专业的不能参加全省和全国的大学生运动会，只有普通系的学生能参加，我们校队就和他们一起训练，毕竟训练条件不一样，球技又有明显提高。几个月后，先打济南市高校运动会，团体我们好像是亚军。单打我一路过关斩将，打进决赛，决赛对手是山东大学数学系的杜崇利，他是青岛业余体校的，

球技很好。决赛的地点放到山东大学，全场都是山东大学
的学生，敲盆子敲碗大吼大叫给他们的队员加油，着实把
我吓得不轻。第一局丢了，但我很快镇定下来，毕竟球技
比他好，连赢三局，拿下比赛。学校里也很高兴，在学校
大门口贴了海报祝贺，还奖励我一双球鞋。接着又打全省
大学生比赛。我打团体的第一号主力，场场三分，整个团
体就输了一场球，最后打了团体第三。队里的另外两名队
友都是艺术系的，一个学画画的叫周峰，整天拿个本子画
别人打球的速写，后来成了著名画家，给中国邮政画了一
套《水浒》邮票，还有一个叫李毅，学美声唱法的，每天
咿咿呀呀的，要不就是《费加罗的婚礼》的咏叹调，"男
子汉大丈夫应该当兵……"他们羡慕我当过兵。大家之后
都成了好朋友。单打没打好，进前八时决胜局 16∶9 领
先，输给一个团体赢过的球手。上学期间，我又代表出版社
参加了一次省级机关乒乓球比赛，里面有一些退役的专业队
员。我单打也打进决赛，最后输给大企业鲁南化肥厂一名姓
丁的球手，他打颗粒胶，我拉弧圈，一直对付不好颗粒胶。

在学校的两年很愉快，每天下午都去和体育系的打
球，体育系有两个人是我过去在部队的队友翟焕民的学
生，也是缘分。

1983 年从学校毕业回到出版社，1984 年我担任了明
天出版社的总编辑，那年 30 岁。工作开始繁忙了，就把
球放下了，再也没碰过球。

一直到 1997 年，那时我已经是明天出版社社长，觉得该锻炼身体了，就把社里的一个房间铺上塑胶地面，摆上乒乓球台，重新开始打球。济南市的许多高手都到这里来打球，出版社的八楼成为济南市乒乓球界一个很有名的地方，有没有去八楼打过球成为衡量你的球技够不够格的标志。

后来我还担任了山东省乒乓球协会副主席、济南市乒乓球协会副主席，做一些与乒乓球有关的公益事情。打球呢，毕竟年纪大了，多是参加一些分年龄段的比赛或者领导干部比赛，也拿了一堆奖杯，但没多少可说的了。中间和《中国新闻出版报》的周锡培一起，发起组织了第一次全国出版界乒乓球比赛，我还拿了冠军，那个比赛似乎一直持续到现在。

2015 年我从山东省作家协会退休，退休后基本不打球了，要照顾老人，还要写点东西，把时间用到这些地方多了，但打乒乓球给我的生活留下了非常美好的记忆，也给我留下了许多很棒的朋友，我会永远记住这些事和这些朋友的。

对了，这篇文章的题目《银色旋转》是我 20 世纪 90 年代写的一部反映少体校生活的长篇小说的名字，再拿来一用，我也许会再写一部关于乒乓球的小说的。

（作者系山东省作家协会原党组成员、副主席）

挥拍向上

孙艺洋

　　我接触乒乓球这项运动可能与很多乒乓球爱好者不同，当初是为了解决我们家庭的一大难题，辅助治疗我的先天性弱视眼疾。

　　在很小的时候，一家人其乐融融地坐在一起看综艺节目，我的外公发现我看电视时，眼神不对，让母亲带我去医院检查。由于是家中独子，一向大大咧咧的母亲没有含糊，很快便带我去做了检查。结果证实，我属于先天性弱视，对于年仅4岁的我来说，第一次感受到了一大家子的不安。从那年开始，我们家便踏上了漫漫寻医之路。然而，医药费花了不少，但视力的提升却十分缓慢。

　　9岁那年，有一天放学回家，母亲带回来一对乒乓球拍并告诉我，听说乒乓球运动对眼睛十分有益，以后每天晚饭后都去活动活动。我就这样稀里糊涂地被送到了乒乓球馆开始学球，从此便与乒乓球结下了不解之缘。

没想到的是，几年的坚持，我的视力有了大幅提升，乒乓球技艺也提高很快，陆续在我们县、市级比赛中崭露头角，多次获得比赛冠军荣誉。这令父母十分意外和高兴。于是父母更加重视我的这项运动，要让乒乓球成为我的特长，而非茶余饭后的简单娱乐。可这些想法，当时的我并不能完全理解，因为中学时代的我开始和很多同龄孩子一样进入了叛逆期。为什么别人打篮球、骑车、玩游戏的时候，我要被关在乒乓球室练球？这是我在青春期质问母亲最多的问题。母亲也很实在，回答非常干脆，"不为什么，因为乒乓能让你的眼睛变好，能成为你的一门特长"。为了督促我更好地练习，母亲也是煞费苦心地时刻守在我身边，以防同学找我玩耍影响训练。那时的我"恨透"了自己的母亲。现在回想起这些除莞尔一笑外，更多的是感动，因为母亲为了陪我练球，风雨无阻骑着自行车送我的场景历历在目。皇天不负有心人，在长期努力下我的视力最终达到了双眼1.5。乒乓球让我学会了坚持，也带给了我快乐和健康。

中学时代很快过去，高考这个我人生中第一次重大的考验来临。湖北省是全国高考分数线最高的省份之一，可以毫不夸张地说，大多数考生没能考进自己满意的学校。对于学习成绩平平的我来说，想考上心仪的大学自然是难上加难。开始思考人生的我决心让乒乓球助我一臂之力，走体育特长路线，"曲线救国"是我当时的想法。为了让理想变为现实，我更加努力地学习和练球。高中的日子很苦，我和同学们一起五更起半夜睡，同时利用晚饭的1小时练习乒乓球，最终通过努力，以乒乓球第一，文化课远超录取标准的水平顺利考入首都体育学院。这对于我来说已经是一个十分满意的结果了。感谢乒乓球，在带给我快乐和健康的同时，也带给了我许多惊喜和成就感！

人一旦有了成就感，便敢于挑战，乐于挑战，不论结果如何。怀着这份敢于挑战的勇气，我踏入了证券行业。同时遇到被询问最多的问题是，你是体育专业，怎么就敢有这么大跨度过来干金融了呢？我通常的回答是因为喜欢。但其实喜欢是一方面，在我看来敢于追寻心中热爱的人生才是乒乓运动教会我的。

现在，我已经工作几年，业余时间依然会拿起球拍去活动活动，一起打球的朋友由曾经的球友，变成了各行各业的骨干，我惊奇地发现，执着于乒乓运动的球友都比较优秀。我们时常在交流球技的过程中交流情感和生活，这也令我的生活充满阳光，丰富多彩。愿在未来的日子里，我们都能保持这份阳光和执着，在球场上挥洒自如，在工作和生活中不惧挑战。

（作者系华泰证券投资顾问）

心怡乒乓五十年

孙寿山

1981 年 4 月 14—26 日，中国乒乓球男女队在南斯拉夫诺维萨德举办的第 36 届世界乒乓球锦标赛上囊括七项冠军。消息传来我们欣喜若狂，我当即赋小诗一首，以内蒙古大学数学系七七级 213 寝室全体同学的名义，发电报给中央人民广播电台表达心中的喜悦。令人没想到的是，中央人民广播电台居然在第二天早晨六点半播出的新闻和报纸摘要节目里播出了电文。真是好事成双啊，高兴的心情无以言表。

与乒乓球结缘说起来已有 50 年。那时我还是一个在内蒙古海勃湾市（现乌海市）卡布其平沟煤矿职工子弟学校读初一的学生。记得当时与小伙伴们把教室的讲台当球台，两块砖支起一根抬煤的扁担算是球网。有一点推来挡去的基础后干脆把课桌拼对在一起当球台。这特制的球台虽然长宽不一、凹凸不平，但比又矮又窄的讲台还是强了许多。后来学校在每个班级教室的门口用水泥修建了露天球台，才向真正的乒乓球台又进了一步，毕竟台子的尺寸对了。让我们时常感到不快的是室外多风，一年到头也难得打上几次，而且这种球台因为台面上沙粒多特别毁球，通常一个球打不了几盘就坏了。能用上真正的乒乓球台简直就是我们那时的一个梦想。这个梦直到 1972 年 2 月到市第一中学上高中时才实现。

我喜爱乒乓球运动的神奇。你看它集力量、速度、技术、灵敏、耐力多素质于一体，利用推、拉、拧、挑、搓、冲、带、削、敲、弹多种技能，在落点、速度、力量、旋转的无穷变化中将运动之美妙诠释到极致。

我赞美乒乓球运动的精彩。你看它攻球如风驰电掣、雷霆万钧，恨不能一板定乾坤；防守又似行云流水、借力打力、以柔克刚化千钧之力于无形。真正是精彩绝伦。

我景仰为国争光的乒乓达人。从第 25 届世界乒乓球锦标赛上容国团开中国人勇夺世乒赛冠军之先河，到邱钟惠、庄则栋、郗恩庭、胡玉兰、郭跃华——英雄辈出，打遍天下无敌手，让五星红旗无数次在赛场飘扬，为祖国赢得无上荣光，使我华夏英名远扬。

我崇尚乒乓球运动的能量。它竞的是技，比的是能，斗的是智，拼的是勇。它将技术与战术完美结合，让经验与智慧充分展现。锻造出不屈不挠的坚强意志，机智果断的行为品格，冷静稳定的心理素质，勇于进取的拼搏精神。使我们心中永远充满阳光和力量，催人蓬勃向上。

我享受打球过程的快乐。打乒乓球我纯属业余，没经过正规系统的训练，虽多年坚持不辍，但也无大长进。属于"水平不高兴致高，屡败屡战不气馁"一类。图的就是个出汗放松，求的就是个趣味乐子。当汗如泉涌时，快乐也就在其中了。

我感恩曾经相遇的每一位球友，在向他们学习讨教的过程中，我领略了大家的为人和风采，也收获了人生中最为珍贵的礼物——健康、活力、友谊和快乐。我真诚地感谢各位朋友！

（作者系原国家新闻出版广电总局副局长）

是你，乒乓，让我做更好的自己

李　旭

　　我从五岁半开始打乒乓球，到如今已经 30 多年了。握住乒乓球拍的右手长了厚厚的老茧，我有时候会习惯性地用左手搓搓那里。它提醒着我，我跟这个小球之间深厚的缘分。

　　不到六岁的我被爸爸带到乒乓球队，稀里糊涂中开始了高强度的训练，每天要打几脸盆的乒乓球，不停地重复着单调的动作。比爸爸更加严厉的是教练，稍有分心或是动作出问题，教练会用简单粗暴的方式来对待我。如今回想起来，不由得还是心有余悸。我当时总在想，一定是我太调皮了，一定是我吃得太多了，爸爸妈妈才会把我送到乒乓球队。当时年纪太小，并不懂得父母心中对我的期待。我只知道，我讨厌这个小球，它让我没有童年，别的孩子在玩耍的时候，我却在不知道为了什么而挥动手臂，一下又一下，永无止境。每天流下一身的汗水，常常累得一动也不能动，心里空空如也，并不快乐。

就这样，过了十年，我在队里成绩还算不错，总是得前三名，也被教练给予了厚望，期待我能在外面的比赛中取得好成绩，父母也期待我能一直打乒乓球，这是全中国人民都喜爱的体育运动啊。就在这样的期待中，我发现我的心理素质远远没有我的技术素质过硬，平时可以轻松接到的球，一遇到关键比赛，就突然接不到了，平时使用熟练的技术动作，也变得僵硬了，我这样输了不少不该输的比赛，错失了不少本该轻松可得的荣誉。越是这样，我心里越发感到害怕，害怕真正的比赛，害怕面对教练焦虑的喊叫叹气，害怕面对父母那张难掩失望却又强颜欢笑的脸。正值青春期的我，更感到空虚和迷茫了。

因为乒乓球，我的学习时间比大多数同学都要少，别人在学习的时候，我常常要训练要比赛，有时候训练完了，打开书本，眼睛已经实在困得睁不开了。但是我还在坚持着。我曾经以为打了这么多年的乒乓球，也获得不少荣誉，在高考的时候，总会有希望进一所名牌大学吧，但是因为种种原因，这个愿望也落空了。

有一天，我坐在路边，好像是第一次仔细回想起自己的乒乓生涯，我心里涌起了深深的失望，我打了十几年的乒乓球，付出了这么多，我得到了什么，我为什么还要打下去？从那一刻起，我决定放下乒乓球，不去碰它，后来我觉得自己渐渐淡忘了它，跟其他大学生一样，大学的众多新鲜事物迅速冲淡了我对乒乓的喜爱。我真的几乎忘了它，也忘了自己曾经那么擅长这项运动。

大学毕业后，我入职三联出版社，从事图书营销工作，我的工作性质决定我要四处出差，我需要去见很多图书系统的人，跟他们联络出版社的图书发行业务。当时我负责的湖北片区业务，有一个非常重要的客户，虽然经过很长时间的沟通，还是没能达成合作的协议。有一个好心的同事提醒我，你不是会打乒乓球吗，这个书店的总经理特别喜欢打乒乓球，你跟他一边打球，一边谈事，说不定就啃下这个硬骨头了呢。为了能拿下这个客户，我找出了我的乒乓球拍，拍子上面已经落满厚厚的灰尘。我把它冲洗干净，带着它去谈我的业务了。虽然很多年不打球了，但是当我走到球台前的那一刻起，一切似乎又回来了。对方的球也打得很不错，非常开心地与我切磋起来，我一边跟他打球一边把我们的业务向他做着说明，球打完了，事也谈成了，一笔非常重要的业务终于在乒乓球台前敲定了。我捧着我的乒乓球拍，第一次觉得它真好，在这么关键的时刻帮了我。

这次成功的"乒乓外交"给我带来了美好的感觉，时隔多年我又再次开始打球，我参加各种系统内的比赛，开始组织乒乓球爱好者一起训练、比赛，我又像以前一样，几乎天天都要打一会儿球。我突然感觉一切似乎还是一样，一切似乎又已经变了。

我不再计较输赢，面对对手，内心也不再涌起那么多波澜，对于喜欢乒乓却还不入门的同事朋友，我非常愿意尽力去教他们，带他们领略乒乓这项运动的美感。我有时候也成了一个教练。

其实乒乓球一直没变，变的是我，这么多年的成长，经历了许多人生的挫折，我自己慢慢变得平和了，也成熟了，曾经最让我头疼的心态问题，岁月帮我克服了。通过乒乓球这项运动，我收获了很多友谊，也获得了许多人的认可，原来打乒乓球是这么有成就感的一件事。慢慢地，乒乓球又成了我生活的一部分，和小时候不同的是，现在的我非常愿意我的生活里有它，每天打一会儿乒乓球，出一身汗的感觉真爽，一天的工作压力似乎都释放了，晚上也能睡个好觉。

今天有个朋友问我，你爱乒乓球吗？我说，爱！爱多久？永久！

（作者系生活·读书·新知三联书店图书营销中心副主任）

我的乒乓球缘

李　锐

　　小时候体质弱，父亲送我去市体校打球，强健体魄，这就是我和乒乓球缘分的开始。从如何拿球拍开始学，练了一年右手直拍，有个小运动员的架势了，教练说球队里没有左手选手，我在队里年龄小，让我改左手，于是改了左手横拍又练了一年，之后离开了体校，至此这两年就是我的乒乓球基础。

　　青少年时期左右手都打过一段时间，来回改了几次，水平都差不多。大学时期，左右手各拿过一次全校冠军，如果左右手都比赛的话无对手。

　　打了几十年球，对乒乓球的理解认识，青少年时期和中年时期是不一样的，青少年时期打球讲技术，最多有个战术打出来就不错了，年纪长些后，技术已定型了，打球关键就要动脑筋打心理，打一场球就是一场体力和脑力的运动，甚是爽快。把自己的技术战术、心理、意志充分调动出来后打几个球甚至一场球，都会是让人很尽兴的事。

儿时在体校的两年打球经历，让我体质强健不少。披星戴月五点多起床，清早翻过家属院大门，赶往体校练一个多小时的身体素质然后去学校上课，下午从学校放学后又赶往体校打两个小时球，从一个体弱多病的小毛孩变成强壮的小伙子。而且身体协调性的提高使我对其他运动上手也快，足球、短跑、游泳都在学生时代让我成为同学们的焦点，进过系足球队，百米跑过十二秒五（短跑三级运动员），游泳拿过市直机关 50 米蛙泳比赛第五名。自学习打球以后性格也开朗许多，不再像以前一样胆怯、害羞。

工作以后，以球会友成为生活的一部分。现在这支球友队伍成立已近 15 年，建立了深厚的友谊。乒乓球是我们共同的爱好，打球之余再聊聊别的，打球期间注意力集中，无杂念、不想别的，整个活动下来我们身心都得到放松。物以类聚、人以群分，这支队伍会一直打下去的，直到打不动。

女儿小时候开始打球，先是教练教，后来是我教，打得像个样子了，但她不是很喜欢，可能是与我教她时批评的时候多、表扬的时候少有关。很是遗憾，希望长大成人后乒乓球能成为她兴趣爱好的选择之一。

感谢父亲在我年少时送我去打乒乓球，使我体格强健，多了个终生的爱好。

感谢球友王鑫，使我有机会第一次写了有关乒乓球缘的小文章，希望以后能常写。

（作者系深圳市工业展览馆馆长）

儿时偶习、长久受益的 "乒乓缘"

李志军

　　儿时的我，生活在鄂尔多斯草原上。草原名字虽美，20世纪六七十年代却是偏僻贫穷的代名词，经济落后，生态环境较差，属于穷山恶水之地。当地最有名的莫过于成吉思汗陵园了。但身为汉族的孩子，对骑射也就不那么热衷，日常的游戏就是疯跑瞎玩。直到11岁那年，父亲的单位住进了一支架线兵队，战士们搭起了乒乓球台，我也就有了第一次摸乒乓球拍的体验，和战士们一起，打球玩耍，水平有些许提高，不知不觉中喜欢上了乒乓球。就是这样一个偶然的机会，让我有幸"结缘乒乓"。

　　那个年代，学校的每个教室门外，都有一个水泥制的乒乓球台，那时我上小学六年级，凭我和解放军驻军有过的那点短暂的打球基础，我就经常在课间利用有限的十分钟时间和同学们一起打乒乓球。一个班 30 多人，十几个人打球，一个球台，课间十分钟的时间，每个人也就能打两三分钟。我觉得不过瘾，放学后再多练上一会儿，持之以恒地练习，使我后来在一次学校的年级比赛中获得第五名。

由此，我对乒乓兴趣大增。学校里选拔我们前六名的孩子去参加一个集训，据说要参加一次全旗的小学乒乓球比赛。后来比赛并没有举办，却让我们集中练习了一个暑假。这就是我打球经历中唯一的一次"集训"。由此，打乒乓球成为我们一个班同学中学习不错的"小集团"的共同爱好，有空大家就一起去切磋球艺。这种美好时光一直持续到 1979 年我初中毕业。

高中和大学期间，因为学业的问题，很少触碰乒乓球。1987 年重新返回长春地质学院读硕士研究生时，我又捡起了乒乓球拍，和同学经常搞一些比赛，并去看一些乒乓球比赛，对乒乓球的兴趣更浓厚了。江嘉良、马文革、王涛、刘国梁、邓亚萍等一批批世界冠军在国际大赛中的精彩表现更是我经常关注的新闻和话题。

工作以后，不知不觉竟然有十多年没有打球，充其量就是偶尔习练一下，直到 2009 年，我决定将打乒乓球作为一项最主要的健身运动。原因是我回老家时，和小学同学在家乡再相聚，大家重新回忆起孩提时代的那些快乐时光，重新回忆起大家共同喜欢的乒乓运动，有同学就开玩笑地说，咱们重新开始比赛，看看30多年后谁的水平高？并约定，平时大家各自练球，以后每年春节都要在一起进行所谓的"年度总决赛"。就这样，我们这些20世纪70年代的初中同学，在40多岁后，都各自开始乒乓球练习，为了春节大家相聚时有一场"总决赛"。我们这年代的人做事还是很认真，有专门的负责组织练球和比赛的"秘书长"，并命名为"鄂尔多斯老同学乒乓球俱乐部（Ordos Alumni Table Tennis Club，简写为OATT CLUB）"。就这样，年年春节，我们六七个同学都要欢聚一起，打上一次比赛，平时有机会相聚，也要一起比比球技。幸运的是，我在这个比赛中还拿过两次第一。其实比赛的名次并不重要，重要的是大家重新找回了过去的回忆，找回了30多年前共同喜欢的乒乓球比赛的相互切磋的话题和快乐时光，找回了同学间的纯真友情。

以此为契机，后来我一直在坚持打乒乓球，以此作为自己的主要健身运动项目。利用周末的时间或繁重的工作之余，抽出时间去练练球，出出汗，让大脑得到放松和休息，心情也感到很舒畅。而且，2012年，单位派我到深圳工作以后，我也用"以球交友、以球会友"的方式加入了"快乐乒乓团"的活动小组，认识了一些球友，并迅速融入到了深圳人的交往中。这些球友对我在深圳拓展工作也提供了很大的帮助。可以说，打乒乓球是一项很好的体育项目，既能提高反应能力，又可以延长体育运动"年龄"，起到延年益寿的作用。这就是打乒乓球"一举多得"的功效。

我是一个普通的乒乓球爱好者，回想一下，有几个因素使我成为这项运动的"忠实粉丝"。

一是乒乓球是真正的国球，改革开放前，许多单位的最基本体育设施就只有乒乓球台。因此，1975年我能与部队驻军战士练球，以及在学校的教室外水泥台子上练球，都归功于国球的普及，归功于国家、地方政府号召开展的群众体育运动。二是这个项目对于强身健体，缓解工作压力，练习反应能力是极好的活动，能带来长久的乐趣。三是老同学间、志向相同的朋友间共同爱好的能长期坚持的体育项目，大家练起来兴趣更浓，友情更纯。四是以乒乓球为纽带，可以结交新朋友，有利于进行社交活动，使人受益匪浅。

难忘我的乒乓缘！

（作者系西安驻华南招商办事处主任）

那个叫郭成沛的邻居大哥

李宏文

当初答应为《球缘》写这篇小文，多少有点私心——纪念自己的 50 岁生日。大概是在前年，我生长的"北京市朝阳区呼家楼北区十五楼"组建了一个"十五楼 60 群"，把散落在全国各地，甚至旅居欧美的"60后"孩子们拢到了一块儿，竟然有 80 多人！大家确实都是五六十岁的人了，悠闲、话多，我的微信群中，属它每天最热闹。

我家所在的这座典型的五层结构红砖居民楼，紧靠热闹的北京东三环。往西一点，就是当了北京 20 多年地标的"京广中心"，往东走五分钟，就是人民日报社正门。虽然在我童年时，这个地段还远谈不上寸土寸金，但是因为这座"L"形居民楼，五个单元中，三个归属于人民银行总行，两个归属于国家旅游局，所以，"家境"，在那一带还是赫赫有名的。与我家所在的 15 楼同为 "L" 形并对称组成半合围形态的，是 16 楼。我已经记不清 "对面楼" 邻居的 "家庭出身"，但也是藏龙卧虎。前年我刚被拉进 "十五楼 60 群" 的时候，群主知道我在深圳，就私信我——咱们楼对面的 16 楼，有个年纪大一点的石峰大哥，应该是 "50 后" 了，就在你们深圳电台……

石峰，这个名字一下子让我记起了一个熟悉的声音。原来，每天收听的深圳电台 898，那个当家播音员就是我的邻居！

说起对面楼的邻居，有一个让我至今都无法忘记的人。当我还在读小学的时候，一个名叫郭成沛的北京乒乓球队的专业运动员搬到了 16 楼 3 单元 1 楼，与另外一户人家合住一套两居室的单元房。我们那个 "半合围" 的楼间区域，有居委会用红砖、水泥砌成的两张乒乓球台，这里，就成了我们这种小屁孩每天自娱自乐的舞台。

郭成沛属于被 "组织" 临时安排住在这里的人，算是离队休养，因为年纪轻轻的他，身患肺癌。印象中，当时郭成沛也就二十出头，那个年代资讯不发达，不知道他当年在国内乒坛是个什么地位。不过，听了解他的邻居家长讲，那时候在国内乒坛刚露头角的四川队的年轻国手陈龙灿，最怕遇上郭成沛。现在的说法，叫 "克星"。我记得，我们那帮小孩不懂事，每次打球看到他趴在自家窗台观看时，就缠着他教教我们。其实，对于一个静养中的癌症患者，运动是大忌。好在，郭成沛爱跟小孩们"混"，我们每个人，都从他那里学了一手发"奔"球的绝技。不过，每个人都"奔"了，跟每个人没"奔"也没区别。

应该说，郭成沛是我们两个楼小一辈孩子心目中第一个活生生的英雄，也是生活中接触到的第一个正经八百的"人物"。虽然后来著名围棋国手华以刚成了我们楼的女婿，但，那都是后来。第一个生活在我们周围的运动员，只有郭成沛。

都快40年了，也不知道当年临时的邻居郭成沛后来搬去了哪里，他的肺癌痊愈了吗。我问过"十五楼60群"里的大哥大姐们，大家惜字如金，都说不知道。

如果你看到了以上的文字，知道郭成沛的情况，请告诉我。也算我这篇纪念小文，没白忙一场。

（作者系晶报体育部主任）

运动场上的爱人

李择民

如果说爱美食的人靠美食地图来定位北京，爱游玩的人靠景点地图来定位北京，那我应该是靠乒乓球场来定位北京了。从儿时成长的部队大院乒乓球台，到北京大大小小的乒乓球场地，很多地方都留下了我打球的身影。

小小乒乓球毫不起眼，但细细想来，它却在我生命中有着特殊的位置，在我心里它就像我的另一个爱人。回忆起与乒乓球的缘分，就像打开了我的思想日记，一路相随，不离不弃，也是我对它最好的表白。

我出生在20世纪60年代末，那时候经过中华人民共和国成立后20多年的发展，乒乓球运动已经有了良好的群众基础。大概是小学三四年级开始，我在学校里第一次接触到了乒乓球。那时候条件简陋，水泥板搭成的乒乓球台，中间竖起一排砖头就成了我们最喜欢的游乐场。课间休息时候，我们几个喜欢乒乓球的同学，总是霸占着球台，舍不得离开。

但和很多同学相比我又是幸运的。我打小生活在部队大院里，那时候大院里办公生活一体化，刚好住着八一体工队的乒乓球运动员，因此每层楼里都有一个专业的木质乒乓球台供他们训练。木质球台那时候非常稀有，只有专业的训练队或者专业赛场才会有，其他场合都只有水泥球台，直到参加工作后，我才在别的地方再次见到了木质球台。别看那时候年纪小，但我们也已经懂得木质球台的好。运动员们训练快结束时，边上总是围着一群孩子，盼望他们早点结束训练，能逮着机会在球台上玩几局。

周末我们也总是惦记着来这里打球，有时候一打就是一宿。曾经有一次我和小伙伴打球入迷，爸妈三次叫我回家我都没理睬，一直打到深夜，回家发现爸妈把门上锁了，我叫不开家门，只好跑着去找同学一起睡了。

在大院里的食堂和澡堂里，经常会有意外的收获：碰见八一队的乒乓球运动员。就在这样的场合，我才有机会跟他们请教乒乓球专业知识。在和他们的交谈中，我了解到乒乓球有花样繁多的技术，有很多未知的领域，这不仅对我的球技提升有帮助，也让我对乒乓球越来越着迷。

在这种痴迷的状态下，我的乒乓球技术也得到了迅速提升。小学班主任想把我推荐到北京少年宫，体育老师却说我身体素质差一点，结果就因为体育老师这句话，就把一个可以成为八一队队长的"王涛"给耽误了。当然这是玩笑话，虽然没进少年宫，但我对于乒乓球的热爱始终如一。

最初学习乒乓球时我是直拍打法，反手完全不会打，因为反手技术欠缺也经常输球，后来我决定改打横拍。没有老师教，我就买来乒乓球教学书学理论，半夜起来看国际乒乓球比赛转播，盯着横拍运动员们学动作，刻录了50多盘录像带反复看，打球时遇到横拍高手也虚心请教。功夫不负有心人，改横拍后我的技术进步飞快，反手也成了我的强项。至今，我还经常把以前看过的乒乓球图书带在身边，工作之余翻一翻，就像跟老朋友叙旧。

工作后进入机关单位，这个爱好依然坚持了下来。紧张忙碌的工作结束后，打球成了一种放松。每天办公室下班了就到乒乓球台"上班"，苦练杀敌本领。出一身大汗之后，工作压力也随汗水流走，以更加饱满的热情投入到新一天的工作任务当中去。行业系统内部组织的乒乓球比赛我也经常参与，以我的球技虽然不敢说没有对手，但也总能够在内部过关斩将代表单位去参赛，而且也经常收获不错的名次。更重要的是，和同事们一起参加乒乓球比赛更培养了我们的集体主义精神，大家互相鼓舞，赢球了不会回味胜利止步不前，失败时候也不会一蹶不振。

现在，我是机关乒乓球队的队长助理和第一常务副组长。为了活跃机关文化，我以身作则，以乒乓球为纽带开展了很多共建活动，促进了兄弟单位间的业务交流和友谊。前几年有一次跟随单位对外参加比赛，场地在儿时居住的大院里，离别几十年后因为乒乓球回到了大院，颇有种"少小离家老大回"的亲切感。

坚持打乒乓球也让我拥有了一副好身体。十年前我患上腰椎间盘突出，最严重的时候要拄双拐，我一度以为自己要成为一个废人。后来我循序渐进继续拿起球拍打球，身体竟然恢复了，而且十年没有犯过病。

常言道，一张一弛乃文武之道，古代侠客一剑纵横，在我看来，乒乓球之道便是一"拍"纵横，手握球拍在一方球桌上运筹帷幄，就像侠客手持利刃迎战，颇有古代侠义风范。这一点在我喜欢的球员邓亚萍身上体现得淋漓尽致，虽然她身材条件不是特别好，但一到赛场上整个人都充满了杀气和斗志，那气势瞬间就盖过了场上对手。乒乓球比赛打的是球，但最终还是人与人的对抗。当然，乒乓球运动不是好勇斗狠，在全民健身的良好风气下，打乒乓球更重要的是以球会友，因球结缘。

如今，因为练球我经常有点晚回家，爱人偶尔也会有一两句埋怨，但我从内心感谢她，多年来理解并支持我的爱好。乒乓球也可以说是我运动场上的"爱人"，这一生有爱人和乒乓球陪伴，我十分知足，只愿人生路上，一路相携，不离不弃。

（作者系北京市新闻出版广电局北京版权保护中心副主任）

我的乒乓之缘

李晓津

　　能够伴随一个人一生的爱好一定颇具魅力，乒乓球就是我生命中不可或缺的爱好。今年 69 岁的我，球龄已有 62 年了。多少人来去匆匆，多少事过眼烟云，可是乒乓球却始终不离不弃，伴随着我生命的进程，也发生着不少的故事。

　　从上小学开始，我就迷上了乒乓球运动，一发不可收拾，乒尽人生，给我带来无尽的快乐，更让我在今后多年的风风雨雨中始终保持一副好身板，至今没有住过医院，每年体检各项指标都在正常值内，吃嘛嘛香，看嘛嘛清楚，两眼不近视也不花，一米七九的个头始终保持在 75 公斤以下。在北京 2008 年首届健康之星万人大赛中，我力闯八关最终荣获首都健康形象大使的最高称号。这些都得益于对乒乓球运动的爱好和坚持。

　　说起乒乓球，我还真有一段漫长的历史。我从长春八一小学一年级开始学打乒乓球。那时我们都用三合板锯下的球板打球，俗称打光板球，没有旋转。后来有人用海绵球板，打出旋转球让我们都败下阵来，心里那个羡慕嫉妒恨呢！心想自己何时能有一副海绵拍呢！后来我在我家床底下发现一双新球鞋的鞋底是海绵的，就毫不犹豫地把鞋"解剖"了，用鞋底做了一副海绵球拍，为此险些挨父亲一顿揍，但我也因此成了球场上的小霸王。

　　20世纪60年代初，我随父母搬进了北京总后大院，每天一放学就去大院俱乐部打球，那时总后大院里有几个等级运动员，是我紧盯的学习目标，这使我收获不小。平时我把报刊上所能找到的国手照片都剪下来贴墙上，一有空就照着模仿，在课堂上都偷偷比画着，后来我所上的总后群英小学班主任李惠老师把我痴迷乒乓球的事发表到1965年1月15日的北京晚报上。1964年小升初，父亲和我约定：如果我能考上第一志愿的好学校，就满足我的一个愿望。我心怀念想，加倍努力，终于考上了令人羡慕的北京男八中，同时得到了我倍感珍贵的红双喜球拍！！

　　在北京男八中，校乒乓球队的吕崇实（他后来任北京市第九十七中学的校长，曾把黄建疆调来任专职乒乓球教练），他看我有发展前途，就把我介绍至著名的北京什刹海业余体育学校。我开始了正规训练，受教于江继杰教练。这段时期的训练给了我受益终身的启发，至今我都一直坚持那时奠定的中国传统式打法——单面直板近台快攻。一年后，我随父母去了西安，用这种打法打败了陕西省的所有少年选手，获得了西安市和陕西省的少年冠军。

1973 年全军恢复体育运动会，我获得武汉军区单打季军，曾多次代表武汉军区参加全军和全国的大赛。这以后我有 20 多年没有动拍子，直到 1996 年代表首都公安报参加北京新闻界乒乓球大赛获得团体冠军后才又捡起了"老本行"，先后多次获得过北京市中老年的团体和个人冠亚季军，还多次在中国乒协组织或认可的全国性的大赛中取得前三名的优异成绩，荣获业余健将称号。2013 年 7 月我受新加坡快乐乒乓球俱乐部的邀请，赴泰国参加了第七届亚太国际乒乓宿将邀请赛，打败 11 个国家和地区的 15 名乒乓球高手，取得 60 岁以上（不封顶）男子单打冠军的好成绩。在四分之一半决赛中，我敢打敢拼奋勇搏杀，不失一局完胜了当时一位著名的世界老年单打冠军杀入决赛，后来在决赛中又战胜了日本的冠军中村（这个中村后来在韩国及日本的国际大赛中又两次输给了我）。颁奖典礼上，世界冠军许绍发亲自给我颁发了做工精致的冠军奖杯。

我参加的最大的赛事，是前年去西班牙参加第 18 届世界元老乒乓球锦标赛。来自全世界各个国家各色人种的 4500 多人参加了比赛，庞大的体育馆热火朝天，人头攒动，场上竞争激烈。人们赛前都相互交换礼品，十分友好。我感到自豪的是所有我遇到的外国选手我都没有让他们赢得一局，但最后惜败给前三届的世界冠军——一位国内选手，取得第五名。

在我眼里，乒乓球是最好的体育运动！

第一，它场地易设，费用不高，参与人数众多，作为国球，你去任何地方都能找到训练对手和场地。

第二，运动量可大可小，又有趣，又安全，老少皆宜。西班牙世界元老乒乓球锦标赛中90岁以上组竟还有10个老人在场上拼搏！据说还来了一位104岁的老人，坐轮椅提着拍子一下飞机就注定是世界冠军，因为百岁以上只此一人！

第三，乒乓球是最复杂的运动之一，充分锻炼人的头脑和体力，既提高眼力和反应速度，又增强身体的柔韧性和协调能力。由于它的复杂，使比赛充满了悬念和乐趣！为什么说它复杂？因为它能够组合成上千种甚至更多的不同，譬如从胶皮类型，就有正胶、反胶、长胶、生胶、防弧五大类型，胶粒长短大小疏密还不同；海绵厚度从0.1mm到2.3mm，硬软还不同；底板从1层、3层直至17层，木料和做工还不同；习惯上有左手执拍、右手执拍；打法上有直板、横板；风格上有左推右攻，两面攻，拉弧圈，削球，还有四面攻；站位上有近台、远台、中台等，战术上的变化就更多了！这些组合让你眼花缭乱，没有穷尽，我打了几十年还能遇上没见过的打法和组合，还会不小心在小河沟里翻船。前年全国会员总决赛，我遇到一个云南选手，他竟然用两只手轮换打，不停换位置。乒乓球的变幻无穷，使得难有常胜将军，也正是乒乓魅力所在！

第四，乒乓界都说，天下球友一家人，有了这项爱好可以广交朋友，上至"大人物"，下到平民，带上球拍走天涯，小小乒乓连万家，让我们的旅程不孤单不寂寞，甚至改变了我们的生活方式。

第五，乒乓运动使我开阔了眼界，增长了知识。每年在国内国外都有许多赛事，凭借赛事，游览了国内外许多地方，弥补了过去的空缺，开阔了眼界。去年到江苏盐城参加了全国乒乓百团大战比赛，其间参观了新四军纪念馆和当年军部所在地，受到深刻的爱国主义教育，更加珍惜新时期的大好形势。我专门为这届大赛创作了《乒乓百团大战战歌》，在开幕式上演唱，并在网上广为流传。

现在，乒乓运动对于我来说不仅仅是一项体育运动，更重要的是它是我的一种生活方式，是我通向人生更广阔天地的窗口，是我快乐的源泉，是我心中的一缕阳光，没有它生活是多么乏味啊！我庆幸有生之年能够爱上并坚持了这项运动，我希望我的所有朋友都热爱它，参与它！

（作者系北京新四军老战士合唱团团长）

我的乒乓人生

李清泉

　　我对打乒乓球最早的记忆是在少年时代的乡村，那时生产队仓库门口有一块高出地面的长方形水泥路面，我们几个小孩经常在路面中间画一条线，就用自制的球板打乒乓球，自娱自乐，至今回味无穷。后来，上中学、大学和参加工作后，包括在香港工作多年，虽然我有大把闲暇时间，但都没有再打过球，原因是潜意识中，总认为自己不是打球的料。

　　在五六年前，有一次我吃过饭后，怀着好奇心情到深圳市委大院三楼看看，哇！多好的乒乓球活动室呀，顿时心想，自己再不能浪费空闲时间，应该利用这么好的条件锻炼身体。那时，一位"老乒乓"跟我说，你人到中年，现在开始打球，建议打长胶，既省力又易取胜。我听老人言，开始着手买球拍、选长胶胶片、挑球鞋、购球衣，观看乒乓球比赛录像，订阅《乒乓世界》杂志，跟着几个业余爱好者边学边打，越打越爱打。从此，乒乓球融入我的生活，打球成为我锻炼身体、结交朋友、享受人生的重要方式。

长胶接发球旋转方式独特，许多业余选手不适应，虽然他们多年打球，但是与我这个长胶新手比赛，还是输球，这激发了我打球的兴趣，出差、旅游都带着打球装备，与人交流球技，不论胜负。2014年暑假，我们全家回家乡看望亲人。一次在县城与一位乒乓球业余高手比赛时，他发球变化多样，长短结合，特别是发台内球，我不会移步，经常"吃球"，心里不爽。回到深圳后，我决心从基本功学起。正好，河南省原乒乓球队的小伙子付栋辉在深圳工作，我们在一次活动中认识，他家人不在身边，我也独自一人在深圳。这样，每周业余时间，他教我练习两三次球，从步伐、接发球开始训练。我坚持训练和比赛结合。我训练一段时间，就到球馆、到有关单位，和不同球友打，跟不少专业队员学，主动拜师学艺，球技也渐有长进，接台内球也不紧张。2015年，在市直工委系统首届乒乓球比赛中，我获得局级领导组单打第三名。

2016年初，我调回北京工作。离开北京十多年，以前不打球，一时找不到球友，很不习惯。后来开始寻找单位同事打，球友圈慢慢扩大，发现北京打球地方多、各种比赛多、专业队员多、业余高手多，不时遇上国家乒乓球队或者其他专业队队员，请他们教球，跟他们合影，十分开心。

我喜欢比赛，不喜欢练球。四处比赛后，发现弱点还是弱点，球技没啥长进，怎么办？想一想，还是需要再练基本功，针对弱点、短板，反复进行训练，加强进攻和防守，减少无谓失误。比如，我打长胶，反手拱得好，但如何搓？如何用正手刮打？如何更快倒板打？则是我的弱点和短板。还有，如何稳定心态？如何根据不同对手或者同一对手前后不同打法，及时调整自己技战术，做到一人一策，一时一策？都是实战中经常遇到的难题。

我很有球缘，原来在深圳的付栋辉教练，推荐他以前在河南省乒乓球队的队友王宇指导我打球，他家人在外地，独自在北京办公司，通常每周一个晚上、周六或周日半天，针对我的弱点和短板，专门对我进行训练，使我受益匪浅。近两年来，虽然我的短板还是短板，但是短板已有改进，技术也有提高。2017 年，在中央党校首届"忠诚杯"教职工乒乓球比赛中，我荣获男子组单打冠军。在外单位组织的不同类型的比赛中，我也取得过一些好名次。现在，我是单位乒协主席，热心为乒乓球爱好者提供服务，组织乒协成员练球，请教练教球，安排球友参加有关比赛，营造打球欢乐氛围。

我的生活很简单，也很充实，空闲时间就是读书、写作、打球、会友、陪家人，每周两次打球雷打不动，不打身体不舒服。打乒乓球好处多多：活动肌肉、出汗排毒，增强体质；动手、动脑、动全身，延缓衰老；赢了兴高采烈偷着乐，输了心有不甘憋着气，竞技意识提高；忘记烦恼，专注打球，尽享快乐；广交球友，切磋球技，收获幸福。

　　"人生如戏，戏如人生"。随着我对乒乓球的理解逐渐加深，深感"人生如打球，打球如人生"。打球攻防兼备，长短交替，节奏快慢莫测，动作真假变幻，攻人短板，扬己所长，技术出神入化，胜负输赢寻常事，球场状态与人生百态，又是何等相似相通啊！打球丰富了我对人生的理解，我常常想，要是早点打乒乓球，悟出乒乓人生真谛，或许我的人生之路会另辟蹊径，或许对一些事情处理会有不同方案。乒乓使我从容豁达、自信自强，让我享受生活、感恩生活，帮助我更加精神饱满地走向未来！

　　（作者系中央党校办公厅副主任、巡视员）

我与乒乓的不解缘

连江州

　　说起我与乒乓球运动的缘分还真有故事要讲。我一生对很多事情产生过兴趣，也都做过尝试，但有两件事情一直坚持至今：一是书法，现在已将爱好变成了职业；另一个就是乒乓球。

　　我与乒乓球缘分可追溯到1970年，当时我在上小学，喜欢运动，是学校足球队的主力队员。由于足球运动过于剧烈，身体冲撞多，平时小伤不断，于是家长竭力反对我踢足球。正好我的班主任是个乒乓球爱好者，他要组建学校的乒乓球队，在全校选拔队员。没想到的是在这次全校的乒乓球选拔赛中，一不留神我竟意外地获得了冠军。于是乎便与乒乓球运动结了缘。

　　我是一个做事认真的人，再加上我的班主任是学校乒乓球队的教练，在他的引领下我开始对乒乓球产生了浓厚的兴趣，一度到了痴迷的程度，那时我的大部分课余时间是在学校乒乓球室里度过的。功夫不负有心人，用了半年多的时间我就夺得了学区乒乓球联赛的冠军。但毕竟我的老师只是个乒乓球的业余爱好者，动作不规范，因此我的动作也不专业。我的姑父是乒乓球高手，他也指出我正手攻球的姿势不对，但到底什么是正确的动作，他也把握不十分准确。恰好在朝阳区的一次乒乓球比赛中，我遇到了呼家楼一名叫杨国盛的同学（虽然已经是40多年过去了，但至今记得这个名字，和他一起的还有一名同学，名字我记不清了，也不知他们现在何处），他俩当时都在北京什刹海体校打球，动作很标准，于是我向他们请教了正手攻球的动作要领，平时一有时间我就做挥拍练习。为了加强肌肉记忆固定动作，我还亲手制作了一个铁质球拍，坚持每天挥拍千次左右。经过一段时间的练习，我正手动作规范了、固定了，击球的准确性大幅度提高，频频取得好的战绩。

随着乒乓球技能的提高，我开始有了更高的向往。一次偶然的机会，经北京什刹海体校排球队教练的推荐，我进了北京什刹海体校乒乓球队，师从王西天教练。我买了一张学生月票，每天下课以后坐公共汽车到北京什刹海体校去练球，往返路程需要3个多小时，而我却乐此不疲，从不缺课。体校人才济济、高手如林，大多都在北京市中小学比赛中获得过好的成绩，在这个氛围中我的球技也突飞猛进。开始训练时，每天的内容比较单一，就是两人一组正手对攻两个小时，比上台率，当时每个球都可以打到百个回合以上。正手攻球训练是我们的主课，夹杂着推挡和其他训练。在训练之余还能观摩各类大型比赛，这在当时那个年代可谓一种"特权"，在首都体育馆观摩全国性的乒乓球比赛不仅是一种荣耀，更是学习和提高球技的极好机会。

尤其令我难忘的是庄则栋亲自授课的往事。记得那是1972年冬季的一个下午，王教练邀请时任国家体委副主任庄则栋来体校授课。那天庄则栋身着深蓝色的运动绒衣裤，外穿一件绿色军大衣，坐着上海牌小卧车，来到北京什刹海体校乒乓球训练馆。我们列队站好聆听他的讲授，观摩他的示范。他讲了很多内容，但让我记忆犹新的是反手攻球技术，他非常认真细致地讲解了动作要领，从大臂、小臂、手腕的运用，到轴心的位置、拍行的轨迹、发力的方向，都做了非常深入的解析，并进行了长时间的示范。我的反手攻球确实得到了庄则栋的真传。我受用终身，至今奉为圭臬。北京什刹海体校的那段经历，对我乒乓球水平的提高起到了至关重要的作用。

一转眼我上中学了，开学典礼那天正好是我去体校训练的日子，尽管不好意思但我还是鼓起很大的勇气向老师请假，提前离开会场去体校训练。班主任老师的回答是："以后好好学习，少弄那些没用的！"老师随意的一句话断送了我的梦想，从此去体校练球变成了一种奢望。我所在的中学又没有乒乓球队，也不具备必要的条件和对手，于是我的乒乓球就此荒废。

后来由于我有一定的篮球基础再加上身高的优势，我被选入学校的篮球队。我们学校的男女篮球队水平都很高，男队是朝阳区的篮球冠军。我入队不久便成为球队的主力，后来又进了体校。1976年我高中一年级时被选入部队的篮球队，成为一名以篮球为职业的军人。从此就很少再摸乒乓球拍。后来一段难忘的人生经历，让我又做了一回选择。那是2005年的夏天，我参加全球华人篮球联赛，比赛地点在首都体育学院篮球馆，比赛开始不久我的队友突然猝死球场。我开始领悟到，这种剧烈的高强度的对抗性运动已经不适合我这个年龄段的人群，于是我不情愿地淡出了篮球场。

长时间缺乏体育锻炼的结果是我开始"发福"，身体机能开始下降，体重一度达到190余斤。2010年在停止体育运动五年之后，我抱着减肥和健身之目的又重新捡起了乒乓球拍。由于近40年没有参加乒乓球运动，手脚已经完全不听使唤，一切都要从头开始。于是我便在互联网上查找资料，看乒乓球教学的视频，并将解说词一字一句地用笔记录下来，先后共整理出各类资料达30万字，这种理论武装深化了我对乒乓球的认识和理解，成为我学习乒乓球的重要指南。同时，我坚持每周至少打三次乒乓球，由此我的技术水平不断提高，多次在中央国家机关领导干部乒乓球比赛中夺得冠军；同时身体素质也得到了大幅度提高，体重从190余斤降至150来斤，精力充沛，身心健康。

在此特别要提的是，这些年里有很多帮助过我的"贵人"，原世界冠军童玲等许多乒乓国手都给予过我具体指导；更要感谢的是原国家乒乓球队主力队员杨建华先生，他用了两年的时间帮助我训练乒乓球，从技术到战术，再到心理素质，给予我系统的指导，有时遇到重要比赛他还会专门打电话传授秘诀。杨建华先生给予别人无私无求的帮助，他的球品和人品之高可谓楷模。我从他身上学到的不仅仅是乒乓球技术，更多的是他的为人为事之道，与他接触的时间越长越能品味到他的醇厚，他对我的帮助令我没齿难忘。另外还有很多帮助过我的人，由于篇幅所限，不能逐一列举，一并感谢。

经过这些年的实践我深感乒乓球是一项极好的运动，它运动量适中，没有强烈的身体冲撞，不受年龄的限制，不受场地的制约，不受天气的影响，适宜各类人群。乒乓球运动可以强身健脑，使人身心健康愉悦；可以缓解压力，使人精力充沛集中；可以广交朋友，使人胸襟坦荡豁达。对我而言乒乓球和我所从事的职业——书法——又具有异曲同工之妙趣，都是通过手臂、手腕和手指的控制来实现自我意愿的表达，二者动静结合、相辅相成、修身养性、相得益彰。总之，我是乒乓球运动的极大受益者。

乒乓球运动是智者的运动，它不仅仅是肢体的竞技，更是智力的比拼，只有多动脑、勤动手，苦练加巧练，实现心手相应方可达到至高境界。

（作者系中国书法家协会党总支副书记）

乒乓球的快乐

宋建新

乒乓球的快乐，我从小就体会到了。1961 年那会儿，我不到 5 岁，4 月中旬，武汉的天气开始热的时候，第 26 届世界乒乓球锦标赛在北京举行，中国队一举夺得七个项目中的男团、男单、女单共三项冠军，全国轰动。武汉市的《长江晚报》、湖北省委机关报《湖北日报》头版套红发报道，二版、三版刊登多幅红框框夺冠队员照片，一排一排的，标题是大粗红字，感觉满版都是红的。我哥哥觉得看完了报纸还不过瘾，又把两份报纸铺开贴在床头的墙上方。记得那些天，晚上躺在床上，数一遍墙上红彤彤的照片，第二天早上一睁眼也要数一遍，乐此不疲。街坊里，跟我差不多大的小孩子那时也在家里开始掀起在不同桌子上打乒乓球的热潮了。邻居家里有一个类似茶几的长方形小桌子，约一尺半高，一尺宽，三尺长。他家独生子把它拖出来，中间放两根筷子，小孩子们排着队，三分一局，轮流打起来。使用的是木头拍子，没有胶皮，俗称为"光板"。有的家长舍不得花钱买"光板"，直接拿三合板锯成一个拍子，即使这样，其主人也会炫耀，排队的，大部分没有拍子，都得找他借，借与不借，那就要看他心情了。小伙伴们那时都巴结有拍子的。有拍子的，大都趾高气扬。有时，借这个不借那个，有时又刚好相反，因此，小伙伴很快分化成不同的派系和团伙。很可能是没有拍子的，十分珍惜借到拍子的机会，不多时，能占台的，多半是借拍子的，而真正有拍子的，几乎上场就败。小孩子们在小桌子上玩得汗流浃背，十分快乐，直到家长开饭要使用这张桌子当饭桌才结束。后来上学了，教室的课桌，砖头垒成的台子，单人床板，水泥地上用粉笔画出的台子，等等，都当过球台，但记忆中，邻居家的这张长方形小桌子，是我最早体会到乒乓快乐的球台了。

从那以后，乒乓球的快乐如影随形。小学时，课间十分钟，只要不下雨，冲出来抢台子是常有的事。没抢着，就以班为代表，各派一人，6分制决胜，输方走人。每当这时，我总是代表我班出战，屡战屡胜，少有失手，那种感觉十分爽呀，总巴不得与别的班争台子。

上初中时，全天都有课，中午大约有一个半小时间隔，有一个街坊，与我同级，但不同校，他也喜欢打乒乓，我俩掐着指头算，刨去路上和吃饭时间，大约还有半个小时可用，于是，约着午饭后，在厂里食堂里一张球台上打球。那时，手表是奢侈品，好些家里大人也没有，别说我们初中生了，食堂里也没有钟，两个中学生打球只能靠估计，打着打着，就忘了时间。一发现时间不对头，俩人吓得马上收摊往学校跑。我是群众，迟到了，从教室后门溜进去，不显山水，没人注意。他是班长，按老师的要求，每天上课前，他要站讲台上带领全班同学读主席语录。班长迟到，十分显眼，几次迟到后，老师就把情况反馈给他家长了。他家长十分生气，对我母亲说，别让你家的孩子缠我家孩子打球了，害得我儿子上学迟到，影响进步和学习。我母亲却没当一回事，说你也莫怪我家的孩子，一个巴掌拍不响的。结果，俩大人当时为这事儿还闹了点意见。还是这位同学，我与他，当时我胜多负少，俩人又十分要好，加之心中无芥蒂，我经常以此取笑他。之前他也没有什么反应，不料有一天，当我像往常一样笑话他时，他忽然脸色骤变，两眼喷火，厉声指着我喝道："你有什么了不起的？凭什么这么瞧不起人？要不了多长时间，我就能打败你，看你还敢不敢猖狂？"我大吃一惊，有点吓着了。也就是从那时起，我知道了当一个人长期积郁不满所爆发的瞬间愤怒，是十分骇人的。这次经历让我体会到不能随意拿乒乓球的成绩去取笑别人，就是好朋友之间，也不能这样。

1974年高中毕业参加工作，当了搬运工，盛夏六月，码头上挥汗如雨地拉车搬砖时，得知总公司即将举办乒乓球比赛的消息，我与另一个同事报了名。几天后，一起去比赛。那同事打得好，得了单打冠军，我得了单打第四名，接着入选公司代表队，参加十天后的江岸区职工乒乓球比赛。那时我曾忐忑不安地问领队是不是回去干活，十天后再来代表公司去打球。领队是总公司工会主席，姓张，他疑惑地看着我，说："都代表公司参赛了，还想干什么活？练球就是你的活，好好干吧。装卸站那边，我去打电话，你就别管了。"听到这话，当时那个乐呀，十分开心。没想到打乒乓球还可以脱产打，工资照发。这种美差，每年都有一次，直至1977年高考上大学离开单位为止。那时的装卸工，体力活，强度大，尤其夏天，每天穿着的工作服，被汗水湿透，可拧出水。这时脱产打乒乓球，多么让人羡慕的差事呀。听说有几个人还不服，提意见，装卸站的丁书记黑着脸说："有什么不服的，有本事的话，你也去打，公司要挑上了你，我也放人。没本事的话，屁放完了，就拉车干活去。"同事把这话转告我，我乐得不行。

大学毕业后，去了湖北省的省直机关，后来读研究生，毕业后，到北京工作了。这些年，工作地方变来变去，但打乒乓球的爱好却始终没有变。唯一变的只是随着年龄增长，开始从乒乓球来感受人生了。比如，对手技高一筹时，你想翻身是很难的，不服也得服。生活中也是这样啊，同事中，就有人问题看得深，处理问题既周全又稳准，就是比你强，不服还不行，只有跟着学本事的份儿，翻盘就别想了，否则那是自我折磨，除非对手放水哄着你玩。再比如，你可能遇到各种各样的球友，自己要有本事，这是根本，其次要顾及对方，除非你不想打球，否则，没人愿意与你一起玩。工作中也是这样，同事来自五湖四海，性格禀赋各异，自己业务必须过硬，此外，要了解对方的路子，逐渐适应，两人才能互相配合搞好工作。最不想提，但不得不提的是一些怪拍选手（譬如生胶、长胶、半长胶等等），令人头痛呀，那飘忽不定轨迹怪异的来球，令人不知所措。工作中也常常碰到这类人，不按常理出牌，招法路数虽然难看，但招招拱得你难受。你有苦还说不出，为何？因为规则允许这种搞法，人家并不违规呀，自己败多胜少就是大概率的结果了，唯一解脱办法是尽量绕开他们，实在绕不开，只好听天由命。好在就像业余怪拍水平高的不多一样，工作中遇到的这种人也很少。我自忖，走以怪取胜的路子，杀伤力虽然大，但门槛也高，淘汰率高，成才不易吧？不然的话，这种搞法且出色的为啥不多见呢？

　　球场如人生，与各色各样的人打交道不也是这样吗？想想看，真是一样一样的。当年纯粹因为好玩，争强好胜，到后来不断体会出人生感悟，这不能不说是开始上境界了。

再后来，打乒乓球的快乐从以前克敌争胜为主，逐渐向体验其他的快乐感受方面转变了。方法也很简单：遇到比我强的，细心揣摩人家长处，看能否学过来，学一招是一招，只要对方不烦就好。遇到水平相当的，就放手一搏，反正一不输钱二不输物，尽兴就好。遇到比我差的，则尽量顺着对方长处喂球，使对手在愉悦过程中结束战斗，能活动就好。这些年下来，这种态度竟不知不觉地成了自己打球的指导思想了。可不是嘛，打乒乓球既是技术型体育运动，也是互动型娱乐活动，球技精湛，固然好，但曲高和寡找不着对手的感觉也不好吧？显然，只有找到合适的对手，两人才能玩起来。从这个角度看，打乒乓球，关键不是自己，而是对手。好在中国乒乓球运动普及，爱好者众多，即便陌生场合，只要主动表示想找人打乒乓球，马上就会有响应。

小时候，一场球下来，自己赢了，心里才开心快乐。现在不同了，大汗淋漓畅快外，我真心地觉得，俩人都开心快乐，才算是真正的开心快乐。以球会友，以球识人，以球为乐，人生乐事。回顾过往，提起乒乓球带来的各种欢乐体验，一张张熟悉面孔就会如过电影般一一在眼前划过，十分亲切，细细想一想，没有与他们一起打球，没有与他们球台一分一分的鏖战厮杀，哪里会使我这么喜欢乒乓球？哪里会使我从乒乓球运动中既锻炼身体，又体会到那么多的愉悦感受和快乐体验？

大千世界，茫茫人海，只因乒乓球，我们才有交集，才有回忆，才有念想，缘分呀。

真心地想念那些陪伴过我，与我交过手的球友，感谢你们，感恩你们，衷心祝愿你们继续享受乒乓球的快乐、生活幸福、健康长寿。

（作者系原国家新闻出版广电总局数字出版司巡视员）

乒乓球台子的变迁

宋焕起

我与乒乓球的交道，可以追溯至童年，也算童子功了。不过必须注明，我的童子功与那些国手、健将，抑或在某系统某领域获得过何等奖项的人不同——本人的童子功仅指打得早，会打，基本功不错，体态也像模像样，但竞技水平不高，没有级别没有奖项，纯粹玩耍兼顾健身。

乒乓球是中国的国球。这项运动在 20 世纪 60 年代起就蔚然成风了。在这样的氛围下，城市里的孩子，通常读小学起便有机会接触乒乓球啦。我是"50 后"，生长在北京，又是城里的城里——西城区。按照前面的逻辑，自然在读小学的时候就接触乒乓球了。最初并没有像样的教与学，主要是与年长的哥哥姐姐或高年级的学生混，先围观，后参与，逐渐地会了一些基本动作。真正得高人指点，是在 1975 年，我去五七干校锻炼，学员中有一位西城区体校的专业乒乓球教练，姓王。喜欢乒乓球的人都把他视作明星。劳动之余，请他指导，那可是与高手零距离接触——虽然被打得落花流水，但球技大进。此话按下不提。还是回到球台子上来。

何以对球台这样上心？原因就在于乒乓球运动必须要有一个球台子，这是一个先决条件。当年的情形，虽说是首都北京，又是北京的首善之区西城区，基础教育在全国算是最好的，但不能用今天的条件去比去想。打球要有球案子或者叫球台子。设想一下，20 世纪 60 年代，大饥荒刚刚过去，再好的市区，教育经费也多不到哪去。学校有一两张所谓标准台子，也是用于偶尔的竞赛，平日是舍不得用的。能够提供给孩子们的，不会有像样的球台子，最常见的就是在教室周遭和操场的边角地段，用砖和灰沙垒起一个台子，水泥抹面，倒也平整，耐得住风吹雨打，四季皆可用。

能有这样的台子，已经是我们的大幸啦！球打在坚硬且粗糙的水泥上，声音很尖锐，弹性也极高，都属于不标准的。而实际上，即使这样的台子也远不够用的，资源少学生多，没有办法，下课占球台子、抢球台子是必须的，否则就轮不上你玩儿。尽管学校会变着花样颁布球台子的使用规定，仍然避免不了为争台子的摩擦。当然也没有严重事件，最多是不愉快而已。

至今记得同学们占台子的常用方式：下课铃一响，想打球的同学便冲出门外，捷足先登——齐刷刷地往案子（水泥台子）上一趴，呈围拢状，当然是人多势众者胜出，先玩为快。这是一种方式。也有同学是纵身一坐，坐在台面上，坐满一圈，反正是水泥和砖垒的物件，压不塌。结果一样：谁人多谁优先。

　　那个时候，打乒乓球的地方除了在学校，还可以到市里的少年宫和街道的少年之家。寒暑假（主要是暑假）期间，街道（今天叫作社区）还要单独组织文体活动，项目当中包括提供打球的设施。少年之家和少年宫的球台子就讲究多了，都是比较正规的乒乓球台子。质量虽有差异，却是砖垒的台子无法比拟的。

　　记得去北海公园五龙亭旁北京市少年科技馆打球的经历。一间硕大的房子，看上去十分巍峨，粗大的柱子高耸挺拔，里面摆着十几张球台，阵势了得。这曾是货真价实的皇家古建。同学们排队等候，轮流上场，不必争抢，秩序井然。那里有非常棒的乒乓球台子，纯木质，标准球网，漆面光润，一切都是那么高级。球落在台子上，发出的声音和球的弹跳声，是那样的悦耳欢快，真是醉人！

　　若干年以后，我中学毕业留校，当了老师，终于可以以教职员工的身份，在正规的球台子上打球啦——想怎么打就怎么打。也是从那时起，我注意到，在中国，不论工矿企业还是机关部队，凡是条件稍好的地方，都会购置乒乓球台子，供员工娱乐消遣。这在国家经济社会不很富裕的时代，几乎成了单位标配，是一种很普遍的模式。因为，球拍和球个人容易置备，而球台只能依靠机构啦。且不说价格不菲，即便买得起台子也买不起安放台子的空间——家庭住房人均都不足两三平方米。

有年轻人会问：何不去健身房体育馆？这是典型的不解国情也不解历史。彼时，体育设施哪有今天这样发达！再者，那个时候所有体育设施和设备是绝不对外开放的——产权归国家，使用归部门。付费也不让用。况且人们也没有闲钱。

当时，似乎有一个模式，即一个单位的负责人，只要是重视精神文明建设，又体恤职工文体活动甘苦的，就会在"抓革命促生产"的同时，不遗余力地为职工购置乒乓球台子。此种情形延续了很久，甚至延续至今。当我做了单位负责人的时候，未能免俗，大力支持工青妇做好这件事情，在办公和经营用房十分紧张的情况下，还是设法辟出活动室，支起球台子。因为"球拍好备台子难求"。当然不只添置设备，还要敦促抓好活动，包括乒乓球竞赛。

我始终认为，企业文化建设绝不是有了开放的体育场馆设施，有了便利现代的健身中心和俱乐部就可以弱化的，社会化的有偿服务与单位抓企业文化建设是两回事，不可混淆。不要小觑一张球台，兴许它就是一种凝聚力。至少在过去的很长时间里是这样的。

现在我已经退休，职业归零，单位的事业与我无关，休闲与锻炼纯粹是个人的事情了。我和老伴办了健身中心的年卡，可以在那里游泳、玩走步机，也打乒乓球。

有趣的是，住家小区外有一片公共绿地，社区在那里安置了乒乓球台，材质竟是铁皮铁板的，连球网都是金属的，被焊在台面中央。这种制作工艺估计是为了耐用和防盗。每天清晨都有人去打球。迟了就没有台子了，所以总有人早早去占球台子。我和老伴偶尔也来这里打球，为了玩得充分，也要早早去占台子。

打球的时候，常想起童年和少年时代占台子的情形。不同的是，打球人皆已华发丛生。还有球落在铁板台面的声响、弹性与打在水泥台面和木质台面上确实大不一样，铛铛铛铛，格外响亮，是一番别样的感受，亦悦耳亦悦心。

（作者系中国出版集团东方出版中心原总经理）

我与乒乓球的情与缘

初景利

乒乓球常常被称为"国球"，受到各个领域、各个年龄层的人所喜爱，似乎谁都可以打上几板子，而且高手众多，藏龙卧虎。很多场所都有乒乓球桌子，有的很高级，有的很简陋。到处都可以看到打球的人群，有的堪称专业，有的纯粹是锻炼。可见，乒乓球在国人中的普及程度还没有其他任何一种运动可以与之相提并论。

在所有接触过的运动（篮球、羽毛球、短跑）中，我结识乒乓球最早，感情最深，并且至今是我除了走路外唯一钟爱的体育项目。尽管技术水平属于业余中的业余，但并不影响我对这一运动的热爱。我喜欢打乒乓球，并不仅仅是出于锻炼身体的需要，更多的是喜欢乒乓球台前的那种酣畅淋漓的感觉，打上一到两个小时，出一身汗，浑身轻松爽快，压力、烦恼、不适一扫而光。

球　缘

我在七八岁开始结缘乒乓球。那时生长在辽东农村，生活条件比较艰苦，勉强吃得饱饭。有一年，村里来了下乡知青，建立了知青点，就是一排用来知青居住的大瓦房。在房子的南头，有一间空屋子，放置了乒乓球器材。我和小伙伴常常溜进去，趁知青大哥哥去干农活，我们就开始了一场场鏖战。没人指导，没人观战，但我们玩得不亦乐乎。现在想起来，这是我童年时代除了水库游泳、滑冰之外，对我影响最大的运动了。

上小学后，学校有专门的乒乓球室和器材，也有了体育课老师的初步指导，大致知道怎么握拍（那时流行的是横拍），但也没接受过任何正规训练。在知青点和学校的器材都不能用的情况下，我们因陋就简，在自家的院子里支起木板，用砖头支起一条麻绳，然后自己用刀刻出乒乓球拍，去买几只乒乓球，就可以操练起来，也是其乐无穷，享受到应有的童年的快乐与幸福。

情　缘

1981年上大学。那时的大学基本设施还很不完善，体育设施缺乏，僧多粥少，仅有的体育馆乒乓球台根本抢不上。无奈，我们就在一间空教室用不知从哪里找来的乒乓球台，与同学切磋球技。其实，那时大家的球技都不咋样，但作为一项娱乐活动（那时还不认为是一种锻炼身体的体育活动），却也乐在其中。

记得上大学一个月左右，有一天来了一位班里的女同学，跟我打了一场球。她左手用拍，水平不是很高，但左手打球，我是第一次遇见，而且平生第一次跟女生打球。这女生也能打球，让我长了见识，从此对这个女生有了很深的印象，也产生了深深的好感。随后我就开始了追求，最终追求成功，结为一生伴侣。现在想想我的初恋就是因为乒乓球而结成的情缘。

续　缘

1988年我研究生毕业工作后结婚生子，开始了幸福的家庭生活。1990年，儿子出生。孩子六七岁的时候，正好学校的体育老师教乒乓球。我们就送儿子去学打乒乓球。在附近一所小学的一排厢房里，儿子接受了相对正规的乒乓球训练，持续了三四年的时间。那时我们夫妇几乎每次儿子练球都会到场观战、鼓劲。看到儿子打球像模像样，甚至我自己暗暗地想，儿子长大后能不能成为专业乒乓球队员为国争光？

2002年举家迁来北京后，打球的场地多了，儿子学校、我单位都有乒乓球室。儿子也曾继续学习过一段时间的乒乓球。儿子上大学后曾代表系队参加学校比赛，为系队获得团体冠军立下汗马功劳。时不时，我还约儿子来我们单位交交手，父子俩互有输赢，打球风格也有所不同，但跟儿子打球时其乐融融的感觉特好，特幸福。一晃，儿子也从一个稚嫩的业余小乒乓球手，成长为一个能战胜老爸的小伙子，我也很有成就感。儿子喜欢乒乓球，接续上我儿时开始的乒乓球缘分。

现在，我已是奔六的人了，因为搬家打球的机会少了，身体也多有不适，但对乒乓球的感情从没有减弱。最兴奋的事情，是坐在电视机前观看国家队的乒乓球比赛，那种氛围，那种激动，那种快乐，是无与伦比的。这也可能是我少有的看电视的机会。可以说，乒乓球伴随着我的童年、青年和老年，乒乓球给了我童年的快乐、青年的爱情和老年的回味。乒乓球与我结下了数不尽的情与缘。

（作者系《图书情报工作》杂志社社长）

康德球缘

张平可

　　明年是我和乒乓球结缘 60 周年，在漫长的乒乓生涯中，我对国球情有独钟，一生相伴不离不弃。我曾经当过运动员、教练员，曾任重庆乒校校长，国家体委公派援外过也门，也去过台湾执教，多年任重庆市乒协秘书长，也多次在重庆成功创办国际、市级各类乒乓球赛事……在重庆市也算一个乒乓球资历、阅历极其丰富和乒乓球故事比较精彩的乒坛老人了。我大部分和乒乓球有关的时光都在体制内度过，唯一的一次与企业携手合作，是在 2005 年 8 月受聘担任重庆康德乒乓球俱乐部总经理。在近四年中，我和康德集团结下了一段不解的乒乓因缘！回首我的整个人生乒乓经历，康德这一段是我人生最特殊、最辉煌、最有开创性、最难忘和最辛苦劳累的一段乒乓岁月，它不仅为重庆市的乒乓球运动，也为我的乒乓球人生书写了新的篇章!

康德如何进入体育产业

体育搭台，企业唱戏。1983 年由我创办的重庆市"山城杯"乒乓球比赛，到 2003 年市乒协已举办了 20 届。由于重庆直辖后，涪陵、万州、黔江地区由四川划为重庆，时任重庆市委常委、宣传部部长、市乒协名誉主席何事忠提议，为更好宣传扩大重庆的影响力，把"山城杯"改为"重庆杯"。这时以房地产为主业的康德集团急需寻找体育平台借势大力发展，该项目的负责人在朋友的介绍引荐下和我相识。经过双方多次洽谈沟通，康德终于初次涉足乒乓球领域，协办 2004 年重庆市首届"重庆·康德杯"乒乓球比赛。重庆作为一个大城市，长期没有专业队，也没有高级别职业乒乓球俱乐部，借康德对乒乓球情有独钟，在首届"重庆杯"乒赛开幕之时，我和何事忠部长趁势引导康德办俱乐部，支持重庆乒坛的职业化发展。康德集团董事长卢朝康当场同意我的建议，邀请奥运冠军、时任四川乒乓球队总教练陈龙灿及我的学生、时任四川队女队主教练李永生来渝传经送宝，介绍中国乒乓球俱乐部的有关情况。同时，市乒协还同集团有关领导去重庆邮电大学考察大学组高水平乒乓球运动队的情况，研讨办乒乓球职业俱乐部如何体教结合，如何与大学高水平运动队优势互补、加强合作等问题。经过举办赛事、考察调研和反复考量后，康德集团高层统一了认识，决定投入资金和人力。就此，重庆市第一个乒乓球职业俱乐部应运而生。

创办《康德国球周刊》

我担任重庆市乒协秘书长多年，深知宣传工作对推动乒乓球发展的重要性，一直致力于创办《国球周刊》。担任康德乒乓球俱乐部总经理后，在发展规划中明确提出创办《康德国球周刊》（以下简称《周刊》），这个创意和集团董事长卢朝康高度重视宣传、打算用三至五年时间打造企业品牌的战略目标不谋而合。由于集团重视，很快就和重庆晚报体育部签订了合同，每周半版的彩色《周刊》就此尘埃落定。

紧接着，趁在北京参加全国乒乓球竞赛招标会，我邀约四川省乒协秘书长代天云一同请时任国家体育总局局长助理蔡振华和时任男女队主教练刘国梁、施之皓以及奥运冠军孔令辉、王励勤、马琳、张怡宁等重量级人物为《周刊》创刊题词、签名祝贺。经过一段时间紧锣密鼓的准备，《周刊》于2006年1月7日在重庆晚报用了一整版篇幅隆重出刊了！创刊号大标题是："振臂一呼，国球亮剑"。几年下来，《周刊》整版出了几十次，半版出了100多次，加上重庆日报、晨报、商报、青年报对重庆康德乒乓球俱乐部的大量报道，演奏了赞颂乒乓球运动的交响乐，达到了山城乒乓球历史上前所未有的宣传力度，通过弘扬国球文化，大力提升重庆直辖市的知名度和影响力。

诚邀蔡振华来渝

重庆康德乒乓球俱乐部创立，结束了重庆没有职业乒乓球俱乐部的历史，老大哥四川队先后把陈平西、李永生教练支援给康德，随后又引进了韩国，中国的香港特别行政区、台湾地区和大陆的优秀选手组建了女队参加甲 A 联赛。为了扩大赛事影响，我两次去市体育局时任局长高近近办公室，请高局长出面与国家体育总局有关领导沟通协调，邀请蔡振华助理出席在重庆举行的中国乒乓球俱乐部甲 A 乒赛开幕式。经过努力，蔡助理来渝之行终于敲定。当他抵达重庆江北机场时，他表示是受时任国家体育总局局长刘鹏的委派来渝。蔡助理对重庆筹备赛事宣传和组织观众观赛工作给予了高度的评价和肯定。开幕式上，有一个议程是关于重庆康德乒乓球俱乐部成立，在阵阵雷鸣般的掌声中、在父老乡亲的殷殷目光下，我代表康德乒乓球俱乐部接受了市体育局领导的授牌。

摩托大军欢迎队员回家

期盼多年终于有了自己的队伍，重庆球迷们瞬间热情高涨，对队员们钟爱有加。平时他们观看比赛和关心国球周刊，到机场迎接球星们更是成了重要的节庆活动！为了欢迎引进的国内外优秀选手回到娘家重庆，康德乒乓球俱乐部在机场组织了两场欢迎仪式，在这盛大的乒乓球迷的节日里，我深切感受到了重庆人的热情好客。2006年3月29日傍晚，重庆江北国际机场，盼望多时的康德女队队员贾贝贝、唐娜及韩国队员金炅河一出机场，立即被山城球迷"麻辣烫"般的火爆欢迎惊呆了。"康德乒乓美女，我们一生爱你！"现场横幅鲜艳、彩旗飞舞、锣鼓喧天，50多辆摩托开路、上百位热情球迷拥趸护送着队员浩浩荡荡地开往市区酒店，让四名队员感受到春天般的温暖："重庆球迷太热情了，我们决心以优异成绩回报山城父老乡亲。"之后，她们以实际行动获得了2006年中国乒乓球俱乐部甲A比赛（重庆站）女子团体亚军，树起重庆乒乓事业的又一丰碑。

康德从上海滩入超

重庆康德乒乓球俱乐部在2006年底的乒超升降级附加赛名列第三，与前两名升超机会擦肩而过。重庆作为中国西部唯一一个直辖市，城市的地位决定了需要一个乒超顶级赛事平台，集团董事长卢朝康曾许下诺言："即使冲超失败，买壳也要入超。""文革"前中国有部电影叫《三进山城》，康德乒乓球俱乐部在新世纪也上演了一场三进上海购乒超的精彩故事。当年9月上旬，我肩负着康德集团和山城广大乒乓球爱好者的期望，第一次去上海华东理工大学拜访学校领导商谈卖壳一事，对方很热情，但答复说这件事需要学校校委会决策，让我回去等结果。当我回渝后打电话询问时，校方回复还未开会研究，且分管体育工作的校领导去欧洲访问，一去就要两个多月，我当时心一下就凉了半截。12月初，得知领导回国后，我和时任俱乐部董事长周海再次去上海，对方突然提高了价码，没有心理准备的我们再次空手而归。为尽快买下乒超壳，董事长卢朝康考虑再三，毅然决定让我和周海第三次赴沪磋商，去了之后得知还有新的竞争对手。经过在沪近十天的努力争取，12月21日中午，康德乒乓球俱乐部终于如愿以偿与上海华东理工大学上海中学俱乐部签订合同，拿到了梦寐以求的乒超资格。这是经过111天的等待和煎熬、执着与追求所换来的，也是康德乒乓球俱乐部为重庆直辖10周年献上的一份大礼。

一举摘下李楠

2007年一季度由国家体育总局乒羽中心主办的运动员摘牌会在北京举行，我代表重庆康德乒乓球俱乐部参加。挂牌运动员中，以曾获得世乒赛女单第三、时任国家一队队长的李楠价位和水平最高。最初有4家俱乐部争夺，竞价一直飙升，当主持人喊到 80 万元后，只剩下重庆康德和北大方正两家竞争。北大方正女队主教练是世界冠军刘伟，她旁边是八一队总教练、曾和她配对获得混双世界冠军的王涛。我当时就坐在他们正后方，由于一个人，既要随时关注竞价，又要不断和卢总汇报，气氛十分紧张。当刘伟举牌到 150 万元时，我立刻请示卢总，卢总在电话里以重庆人特有的豪迈气魄发出坚定的声音"155 万"。当主持人宣布李楠 155 万元由重庆康德摘得时，我悬着的心才终于放下，与刘伟友好地握了握手。整个摘牌会历时一个多小时，这是重庆乒坛历史上由我第一次代表重庆参加的全国优秀运动员摘牌会，李楠成了重庆乒乓球历史上花钱最多竞得的运动员，这段摘牌经历也将载入重庆乒坛的史册。

我的一生与乒乓球相伴，与球结缘。经历了体制内外、国内国外、退休前后与乒乓球发生的种种故事。其中这一段任重庆康德乒乓球俱乐部总经理的往事，使我久久不能忘怀。球运兴，国运兴，笔秃纸短，以飨读者。

（作者系重庆市乒乓球协会副主席）

我的乒乓专业梦

张业军

我是标准的"60后"，记得还是上小学三年级的时候，一放学，我就和一群孩子拿起球板，到家门口不远的两张水泥面的乒乓台上打一阵子，球台中线是用砖头隔开的。那时候，球板粘反胶的很少，多是胶粒或黄海绵，再或是光板，小孩子有块海绵板，能发出转球就相当了不得了。

当年我的心中偶像是世界冠军庄则栋、梁戈亮、郭跃华等，看着他们把一座座奖杯拿回来，为国争光，觉得他们非常伟大，经常有事没事地模仿他们的动作，有板有眼。每天放学后小跑回家，为的就是占领球台。也许因为我的爱好与坚持，我的技术水平在小伙伴中独领风骚，无人企及，学校举行的乒乓球比赛我也经常是前几名，心中也常常为此得意一番。

上学路上有个市级业余体校，设有一些径赛田赛训练项目，经常看到大一些的学生在训练。体校也有乒乓球训练室，是个长方形的简易平房，里面有七八张球台，平时不让无关学生进去。训练室的窗户上没有几块完整玻璃，我和小伙伴们经常就扒着窗户看里面训练。有时趁体育老师不在，我们就偷偷溜进去打几下带网的木制球台，还有铁拍子，煞有介事地举起来挥几下。有一次看着没有队员训练，我和几个同学钻进去打球，被体育老师发现抓个现行。这个乒乓球老师是个30多岁的女的，很是严厉，她训了一番话，完了还挨个问家长是干啥的，保证不再犯就把我们放了。总共被抓了有三四次，都和她有些脸熟了。

三年级下半学期，学校开始组织各类学艺班报名，要求有些基础和特长的，有吹拉弹唱文艺班，有体操班，有田径班，还有乒乓球班，这些学艺类的培训班是免费的，都是利用放学后的时间学习。我的同班同学有个叫马胜的，乒乓球打得也挺好，但从没赢过我，和我打21分制的比赛总差七八个球，技术和我比还是有些差距的。我们一起报名参加乒乓球业余体校培训班，那个女体育老师负责录取考试。考试无非是由她问一下年龄、体重，然后和她打几个球。本想着我理所当然可以通过考试，但二十几个报名的留下了六人，其余（包括我在内）都被打道回府。被录取的六人中有马胜。没被录取当然比较失落，一连几天心里不舒服，总想着这事，为什么在同学中我打球最好，反而没被录取。但小孩子心小，没几天就把这事忘了。

一个多月后，有天下午我和小伙伴在水泥台上打乒乓。这时马胜过来了，他拿着一个新正胶拍子，在我面前一晃，得意地说现在我打不过他了。嘿，几天没见，没记性啊？进个体校班有什么了不起啊？比赛开始，几个回合下来，打着打着，我比分就落后了，我发现马胜的动作和以前不一样了，发球也有准备姿势，一切好像很正规的样子。尽管我使尽浑身解数，也没能赢下来，0：3完败。这下我蒙了，好端端的，怎么这么快就打不过马胜了？难道是体校训练的功劳？进体校还真管用哦！我好奇地问马胜在体校每天都干啥，他炫耀地教我正手动作如何，反手推挡如何，还有发球、站位姿势等，我听得津津有味，后悔自己没被老师选上，为什么我自身条件不比马胜差，不选我选他呢？这是我一直解不开的结。直到有一次马胜说体校乒乓球老师的爸爸是个"药罐子"，找他爸爸开药好多次了。原来如此，我的专业学习乒乓的路就此打住了。从此，我也不再羡慕马胜进体校了，那个体校老师我也没再见过她。

虽然儿时学乒乓球有过遗憾经历，但对乒乓球的热爱程度一直未减。无论是在部队服役期间，还是来到深圳工作之后，我一直都把打乒乓当作我的业余爱好。水平也逐步提高，参加各类比赛多次获奖，2016 年获得首届"文化金融杯"团体冠军。但随着年龄的增大，觉得自己的球技要再上一个台阶很难了，总想着要是小时候能进体校学习一段时间，练一下"童子功"，球技一定比现在高出不少。

2017 年，30 多年不见的马胜一家来深圳旅游，有幸与他挥拍交流。年轻时打的是球技，现在打的是体力。他体重超我不少，最终结果我还是险胜了，他开玩笑地说，如果小时候你进了体校，凭你对乒乓的痴迷，指不定国家又多出个冠军。听着他褒奖的话语，我心底里那个渴望得到乒乓球专业训练的愿望升腾起来。想着，要是现在有成人乒乓体校，有机会我一定报名去学习，集中训练一段时间，圆一下我的乒乓专业梦。

（作者系深圳市司法局第一强制隔离戒毒所三级警长）

感谢生命中每一个
小球转动过的痕迹

张宋微

　　小时候，大人们常问我："你的梦想是什么？""乒乓球世界冠军、奥运冠军！"每次我都是眼神坚定地回答。是的，这是我小时候的梦想。虽然这个梦想至今仍是个"梦"，但我曾经很认真地"想"过，并为之奋斗过。

　　2003 年夏天，我 7 岁，还在上小学一年级。爸爸带着哥哥和我去试乒乓球课。第一次摸到乒乓球拍的时候，我的启蒙教练王红问了一句话："你写字用哪个手？"我举起我的右手："右手！"其实那会儿吧，刚刚被长辈从左手改为右手。谁知道三个月后，我竟然举着我的"假右手"学会了所有的基本动作和步法，还打败了已学乒乓球两年的队友！

　　大约经过了一年的启蒙训练，爸爸送我去了一家乒乓球俱乐部接受专业训练。离开家的前一天，我剪去了及腰的长发，自此与乒乓球结下了不解之缘。

　　离开家后进入了军事化的集体生活，处在一个基础的阶段。每天六点起床出早操，开启一天的训练生活：正手三点步法、左推右攻、全台不定点摆速等单项基本功训练；蛙跳、短跑、长跑等身体素质训练。特别值得一提的训练是两个球台拼在一起的多球跑位，其恐怖之处在于球台跑动范围是平时的两倍并连续跑十盘，正手短球搓完侧身拉，侧身拉完扑正手，扑完正手再蹬回侧身正手爆冲。训练的过程中，整个人感觉都飞了起来，每当这时我都恨透了我的小短腿。每每练完这个项目，我都会感到眩晕，大口喘气，稍不注意还会流口水，真是达到了生理的极限。在此期间，我们上午仅上半天文化课，还要完成和其他学生一样的文化作业。尽管如此，我的学习成绩仍是全班第一名，全年级第二名。

　　这种生活坚持了三年，当时觉得日子特别漫长。今儿回想起当时日夜"折磨"我们的赵东、李晓谊、曹希杰三位东北教练，尽管看似他们在"榨干"我们小小的身躯，但正是早期接受了如此艰辛的训练，才从小建立了我们对职业的格局意识和责任意识，锻炼了我们超越同龄人的坚强和独立，也使我们具备了扎实的基本功、身体素质及步法等必要条件，为我们今后的运动生涯明确了方向，并且打下了坚实的基础。

　　后来我加入深圳南山体校，那段时间是我乒乓生涯中非常难忘且有着特殊意义的日子，因为正处在技术上追求精益求精与青春期叛逆的阶段。当时任教的教练有李爱莉、郭永强、张力子。年轻的力子哥是世界冠军，刚从国家队退役不久，分管我们这一批，我也是他教的第一批正式队员之一。进入了青春叛逆期后，我对待训练的态度是追求完美，对技术开始认真钻研。有一次训练，至今感触很深，相持过程中我对下一板的判断出现了失误，原本以为球会落到侧身位，我刚一侧身，对手突然变直线，我愣地看了一眼，这时力子哥说："当第一判断出现错误的时候，要启动自己的第二判断，快速调整自己的重心和步法，然后迎刃击球。"当时我很不解："在零点零几秒中启动第二判断？"但是当我真正掌握了第二判断的技术后，我对此有了自己的理解，或许在我调整移动的过程中，身体足够紧凑时所带出来的速度和力量，可以将第一判断的失误转化成第二判断的机会。也就是说，在打球的过程中，无论处于主动或是被动，都要保持积极的心态且通过不断地调整自己来战胜困难和创造机会。偶尔，当我对自己苛刻到无法达到训练要求时，就会用球拍大力拍自己的大腿。听到一声大响后，这时力子哥就会突然出现在我身后说"哎哎哎，顺其自然，船到桥头自然直"。每当此时我都只能无奈地两手叉腰，嘴里嘟囔着，然后又继续苦练。

　　后来，由于我的身体出现了一些小问题，遇到不小的挫折。这时教练们给予了我很多鼓励。记得郭永强教练后来去了南山体校当校长，偶尔来球馆都会对我说："宋微，遇到挫折不可怕，相信你的人生一定会很精彩！"李爱莉教练则时常在全队集合时表扬我"看宋微打球就是享受"。让我特别感动的一次是我刚去山东鲁能训练时，因难以适应北方的训练节奏和强度，在一次比赛失利后，拨通了李导的电话，她在电话里安慰我说："宋微，无论你在哪里，做什么选择，我和力子哥永远都是你坚强的后盾。"我当时捂着电话，直接泪崩，一句话也说不出来。

低沉的日子持续了两年。我的父母、教练、队友在我沉寂、无奈、失落时对我的保护和支持，至今回想，仍感慨万千，生命中困难的时期一定是最好的时期，它让我懂得了感恩、懂得了情义，同时也能够塑造我，引我去思考。低沉的日子过去后，乒乓球与我的关系进入到"热恋期"，我的乒乓之路一路开挂，2009年我在参加的所有省、市乃至全国的少年比赛中都进入了冠亚军决赛；2010年，我代表深圳市参加四年一届的广东省运动会夺得了一枚金牌，在同时参加的全国中学生锦标赛获得女子单打冠军，荣获"国家一级运动员"的称号。

2011年，在广州伟伦体校张晶清教授的引导下，我参加了深圳大学的单考单招（高考）且通过考试，以高水平运动员的身份被深圳大学工商管理系录取，并享受深大高水平运动员本科五年制免学费政策。这五年是我从运动员走向社会的过渡期。上大学以前，我们以为上了大学就可以放下拍子，彻底结束自己的运动生涯了。但是上了深大之后，深大乒乓球教练高颖老师反而对我们更加严格。那会儿我们时常羡慕别的高校"想练就练，不想练就不练"的管理风格。高老师看出了我们的心思，语重心长地跟我们说："乒乓球打了这么久，已经成了你们生活的一部分，大学期间更要咬咬牙坚持下去，因为这是你们今后在社会上生存的最大优势。同时，大学是一个很好的时期，给了你们从专业队到进入社会的缓冲时间，不妨思考一下，除了会打乒乓球，你们还会什么？"自那以后，虽然我偶尔还是会羡慕别的高校，但内心是非常敬佩高颖老师，感谢老师对我们这些"大孩子"的用心良苦。同时，我也把"除了会打乒乓球还会什么"的问题揣进了脑海里。

大二下学期，我认识了一名来自安徽的同学。他不仅是全年级第一名，而且很善良，愿意分享和帮助其他同学。在与他的交流中，我突然意识到自己浑身上下散发着一股"书读少了"的气味。在某一瞬间，我脑子开了窍，承认自己的文化短板，自个儿那点会打乒乓球的优越感在读书人面前就不值得一提了。后来，因为一场乒乓球赛，我结识了尹昌龙博士，他给予了我很多人生规划的建议，最重要的是引导我去读书，并且读好书，在此感谢我的人生导师——尹昌龙老师。

2016 年，我 20 岁。在毕业前的某个夜晚，我走在深大的文山湖边，思索着未来的人生方向，是要从乒乓球运动员转向教练员的角色，还是步入其他领域？回想起自己获得的第一个全国冠军，花了七年时间，而那些获得冠军的画面和感动似乎未完待续就被我转换了人生的频道，心里仍然有一把无法熄灭的火，在夜里持续燃烧着。假设十年是人生的一个阶段，离 50 岁退休还有三个十年，也就是说还有三次"全国冠军"的可能性，甚至在某个领域可以超越过去的自己，年轻人何不去折腾体验一把呢。于是，那个夜晚想明白了这点后，我决定从"这座山下来，去爬另一座山"。

同年 7 月，新的生活阶段开始了，我进入了文化产业，就职于深圳出版发行集团。我的靠谱师兄兼同事王鑫是个热心人，在工作上特别照顾我这个同门师妹，给予了我很多关怀和帮助；工作之余，他用以球会友的方式组织一帮乒乓资深人士和他的师妹们聚集在一起切磋，这时的他摇身一变，成了"隔壁老王"，拿起球拍那个生龙活虎的样子，展示着他的靠谱，真是为各球友增添了不少乒乓乐趣。在他的影响下，乒乓球被我放到了哲学层面的位置，它的精神力量渗透在我生活和工作的点点滴滴中，当工作经历得越多，越是感恩自己的乒乓经历，当感恩得越多，内心越是柔软谦卑。

想起林清玄先生在他三个儿子长大成人要去远方打拼时，送上的那十二个字——"大其愿、坚其志、虚其心、柔其气"。我也将"远大的理想，坚强的意志，谦逊的心态，温柔的气质"作为自己的人生标杆。先生解释，人在年轻时的远大理想往往决定他的人生，与出生背景无关，与拥有何等物质条件无关，关键的是取决于内心是否有强大的愿望和为了实现它而努力的决心和意志，以此来支撑你走好自己的人生。以此共勉，感谢生命中每一个小球转动过的痕迹。

（作者系深圳出版发行集团综合事业部品牌专员）

球　缘

张智勇

　　小时候，我淘气得不行，常常惹得形形色色的家长们找上门来。母亲问我，为什么要打哭小朋友？我说，不是打哭，是闹哭。母亲问，不一样么？我说，打哭，是动手脚；闹哭，是动这儿——我用手点点我的脑壳儿。母亲又问，要怎样才能不闹哭人家？我说："你也动动这儿。"我像她教育我该这样不该那样时的那个姿态，用手点了点她的脑壳儿。

　　我母亲是我们县城第一名女大学生，第一名高中数学女教师，我有理由这样挑战她。

　　母亲说："那好，给我三天的时间。这三天，你要安安然然的，不能生是非。"我没有说话，只是用惊讶、探究和肯定的眼神应着母亲。心想，这次母亲会如何呢？让我少习功课？不用扫院子？往我的书包里塞些糖果、好看的铅笔或小人书?

那三天过得可真长啊。

好容易安安然然地等到了第三天的尾儿上，天却下起了小雨。一到下雨天，母亲骑车子就慢，回到家总会晚一些。我头一次这样目不转睛地看着母亲支好车子、脱下雨披、拍拍衣襟、踏踏鞋脚，然后抬眼回屋。

看到我，母亲神采飞扬，像是得了什么战利品。母亲把一个红双喜牌的乒乓球拍和一盒乒乓球递给我，说："你别不高兴啊，课外时间我跟踪你了。我需要研究你，才能做决定。你打球很帅嘛，啊！"

我高兴极了，母亲又一次走到了我的心上。球拍是上海生产的，红色胶皮，散发着淡淡的木香。母亲说："打这球儿，不是松范儿的活儿，要跟做功课一样，认真做，往好里做。"我"嗯"了一声，佩服母亲总能一箭双雕。

从那天起，我小小的心智和旺盛的精力都被凝汇在乒乓球上了，只要下课铃声一响，我和几个小伙伴就拥在校园里的乒乓球台前，乒乒乓乓地打起来。那个时候打球，没有技巧，不懂攻守，不管三七二十一，只要把对手打过来的球接上案、又让对手接不到自己打过去的球，就欢呼雀跃了。我们常常就这样打得满头泥土，浑身是汗。

当时，我们有一个规矩，就是轮流出钱买乒乓球。

161

谁拿球，谁先打，等这个球打坏了或是被踩不能用了，就轮下一个人出球。我们这一伙人里有一个比我们高一年级的小伙伴，球打得非常好，我们都很佩服他，加上他的前额上有一颗红痣，我们都叫他"红帅"。有一次，轮到红帅出球时，他说，他忘了，先借我的。我非常豪气地答应了。接下来，他又向我借了两三次。但是，一次都没有还我。找他要，他推说下次。到了下次，他又推说下次。渐渐地，他就不再来打球了。

其实，打心眼儿里，我是很想念他的。他对我好，对小伙伴们也好，常常把他赢对手的技巧教给我们。他告诉我，打球的时候，不要走神儿，输赢不大紧要，紧要的是在关键时候，能把自己的水平打出来。他说这是他爸爸告诉他的，他爸爸跟一个乒乓球高手是好朋友。虽然当时我还搞不大明白这些话里的深邃意义，但是我却从中得到了不少的帮助。我的球打得一天比一天好。在我们那帮打球的小伙伴中，我跟红帅，数一数二。

我母亲跟红帅的母亲是旧相识。回到家，我问母亲，为什么红帅借球不还？为什么要躲着看我们玩球？

母亲说，他家困难，没有零用钱供他打球。

母亲说，打球不就是要将自己的出息打出来么？去吧，孩子，不要让他躲了，拉他出来一起玩。

那天下学后，我找到红帅，告诉他，以后我出两份球。红帅低下头，不好意思。我又说，没有红帅你，我去哪里赢球啊？于是，我跟红帅朝乒乓球案子那里飞奔而去。可巧儿，这时天空飘起了雨，像是跟我们争案子似的。雨天里，我们往脚下的泥土地上垫两块砖头，照样让乒乓球像往常那样在案台上来回飞舞。

所以，只要有人问起我的球缘，我都会说，相遇乒乓，是在一场明快的夏雨中。我真的没有想到，自那以后，我的球技飞涨，体育老师将我挑到了校队，还常派我代表学校、县、地区参加各类活动和比赛，每次都还能得一个或大或小的奖状。

有一次，我代表校队参赛回来，母亲到车站去接我，带队的体育老师认真地对母亲说，你娃乒乓球悟性高，是块料儿，如果家长同意，就让娃走特长，为区队、省队培养苗苗。这事还没有说停当，体育老师却因病调离，我走特长的事情也就不了了之。为了这，我可没少伤心。

母亲说，乒乓球打的就是三波五折。

母亲说，乒乓球就像是舞蹈，所不同的是，它的美丽，出自两个编舞者，自己和对手，缺一不可。

母亲还说，有多大的胸怀，这舞蹈就有多大的舞台。

于是，我一直向乒乓寻索着生命的含义。母亲就是这样陪伴着我的乒乓生涯。从小学打到中学，再从中学打到大学，再从校园打到工作岗位，我虽然不是打得最好的那一个，但一定是母亲眼里一直在努力打球的那一个。

乒乓球其实就是一个和谐的世界，伙伴们在这个世界里可以寻找到快乐、健康和趣味十足的不一样的自我。我常常感到，乒乓球是一个从不会老去的朋友，每跟它会合一次，自己也就崭新一次。现在，我还是一如既往地保持着打乒乓球的习惯。乒乓，它常常带我回到小时候，回到初心的所在地，回到初心所向的未来。

（作者系清华大学经济管理学院乒乓球协会副会长）

别无选择的乒乓缘

张毅君

　　拥有第一块具有现代意义的球拍大约是在小学三年级，依稀记得是卫星牌。板子茁实光滑，似乎涂有一层清漆，海绵很厚很硬，胶粒顶端呈"米"字形状，整体是湖蓝色，拿在一个七八岁的儿童手中显得非常够档次、有分量。当年，那块球拍一准儿是我的至爱，记得经常在睡梦中被它给硌醒。

　　20 世纪 60 年代的物质条件的确很有限，就读的小学操场周围一般会有几座水泥砌成的乒乓球台，球网多半是由一排半截砖头拼接而成，课间休息时，那里总是最热闹的去处之一。其实放学回到家里是连这样的条件也不具备的，只能在筒子楼的水泥地面上用粉笔画出边界和球网。即使这样，我和小伙伴们仍可以拼杀得昏天黑地、忘乎所以。只可惜我那块高大上的球拍了，在如此简陋的环境中是完全没有用武之地的。当然这也从一个侧面说明，本人所具有的乒乓球技术基础与绝大多数同时代过来的爱好者并无二致。

后来进入小学高年级便迷上了足球，再后来随着个头的逐年蹿升篮球又成了最爱。由此乒乓球也只能珍藏于儿时的遥远记忆中，无论如何也想不到几十年后它竟会再次介入我的生活，并带来那样多的乐趣与收获。

对我而言与乒乓球再续前缘确实有着极大的偶然性。

2003 年春天，一场突如其来的"非典"疫情由南向北迅速蔓延，在全国造成巨大恐慌，北京无疑是重灾区。当时我正在一家著名的中央媒体做行政管理工作。由于单位职工已有感染死亡的案例，单位领导班子按照上级要求下达了死命令，所有人都不得到外部公共场所参与任何娱乐活动，所有员工都必须对集体的安危负起最大的责任。可疫情并不像一阵风雨或一场寒流那样三天五日就能熬过去，几百人长时期窝在办公室里肯定不是办法。于是领导班子决定在办公楼一层大厅摆放若干张乒乓球台，辟出一个内部活动场所，届时有练的有看的，或许能解决部分问题。作为单位领导，我则有身先士卒的义务，于是工余时间的乒乓球场地便出现了本人矫健的身影。

再次接触乒乓球的我已经四十大几，起码有超过 30 年没有摸过球拍，我想我的场上表现用脚后跟都能想出会是多么糟糕。

一天午饭后，我正在球台边等待同事前来挑战，一位小伙子走过来说："领导，我来陪您练会儿？"这小伙子我见过，姓顾，身高比我还猛一截，差不多有190厘米，高挑俊朗，一表人才。这阵子单位正在建设业务信息系统，小伙子多半是承建公司的施工人员。始料不及的是，他一出手我便蒙了，人家那才叫打乒乓球呢。后来才知道，他父亲是乒乓球教练，家里还经营着球馆。他从小便在乒乓世界里熏陶，上大学前就已被选拔进省专业队，如今虽然早已退役，但底子厚呀。

于是小顾自然而然成了我的"师傅"，同时兼任单位球队的主教练。我可以说是从那时起才算步入乒乓球的"正轨"，才逐渐建立起对器材、技术、规则、战术等的初级认识。目前我的"兵器"是直板狂飙王，胶皮是狂飙"国套"，装备已堪称超一流了。球友们对本人的正手弧旋比较认可，这也完全是拜小顾师傅所赐。

为此，从某个角度说还真得"感激"当年的"非典"呢。恰恰是它使我重新接续中断了几十年的乒乓前缘，使我找到步入中老年后较为适宜的运动方式，尤其它所带来的许多忍俊不禁的花絮和印象深刻的瞬间更是让人回味无穷。

由于小顾的专业背景，他的球友圈儿自然也非比寻常。他告诉我他业余时间经常要去北三环一家球馆教小

孩儿打球，是那儿的签约教练。没想到与他签约的居然
是中关村第四小学院内的"庄则栋乒乓球训练馆"，离我
家没多远；更没想到的是在那儿我居然见到了庄则栋本
人。庄则栋可是当年大红大紫的人物，其知名度和粉丝
量恐怕是当今任何一个大牌明星都难以望其项背的。他
个子不高不矮、不胖不瘦，一身火红的运动装，精神矍
铄。球馆里摆放着二三十张球台，墙壁上悬挂着当年中
美乒乓球交流活动的巨幅黑白照片，颇有些历史感。后
来这里就成了我相当长一段时间的固定活动场所，老魏
也是在这里结识的。老魏比我大几岁，曾是当年北京赴
黑龙江兵团的知青，改革开放后与朋友一起创业，成为一
家规模可观的高端印刷企业的合伙老板。从庄则栋球馆与
之相识至今已经十几年过去了，我们一直保持着紧密的友
谊，时不时彼此相约切磋切磋，间或喝点小酒聊聊天。

　　"非典"期间还发生过一件挺逗的事。活动场地的
落实大大激发了年轻人的积极性，他们纷纷购置了新装
备。办公室的小李很快就持着一块胶皮鲜红的崭新球拍
上阵了，信心几乎爆棚，动作十分夸张。令球友们大感
意外的是，小李的新拍子非常神奇，任何旋转球都不
吃，而回过来的球却是要多别扭有多别扭，仿佛一夜之
间获得了什么真传。他为此可是得意了好一阵子。后来
有一天正厮杀得难解难分之时，突然有电话找他，在他
接电话期间，有人好奇地将他的球拍拿起来研究。这一

研究不要紧，立马把人给笑喷了。原来新球拍买回后，他竟不晓得要把胶皮上的保护薄膜揭下来，就直接上场了，结果就出现了前面让人百思不解的一幕。待小李接完电话再次挥舞被撕掉薄膜的球拍上阵时，那球拍像是着了魔似的完全失去控制，球一沾拍便飞得不知去向，小李满脸的困惑，围观的同事们则笑得前仰后合。可见没有乒乓文化多可怕。

　　通过这些年的观察体验，我认为几米见方的小小球台，不仅是锻炼出汗、广结善缘的场所，也是展示个性、流露性情的所在。无论腰缠万贯的老板，还是身居要职的官员，抑或满腹经纶的学者，只要踏进这个场合并进入厮杀状态，那份原有的斯文面具和装腔作势基本就不复存在了，脾气秉性都会赤裸裸地表露出来。真的，仔细琢磨一下非常有意思。老魏的腰的确不太给力，但是否发作多半要看比赛的结果。如果输了，其表情一准儿是痛苦不堪，以致走路都会成为问题；反之则谈笑风生，与健康人无异。老孙是一位副部级领导，球艺与我在伯仲之间。为此，每逢比赛之前，他对我的一举一动都十分在意，吃个苹果，就认为是在补充能量；抽口烟，也认为此刻提神醒脑会影响比赛，绝对有失公允。其争强好胜之性情，非此时此地是很难展露得如此充分的。老周比我小几岁，水平也高一些，平日不大善于言辞，时不时被我挤对几句。无奈，他就用比赛让分来回敬，如果让分我仍然输了，他的那副得意的嘴脸也足以令我怒火中烧好几天。

　　现如今我已年届花甲，虽感体力略有下降，但其他方面似与十年八年前并无明显分别。与乒乓球续写的这份情缘，恐怕也难以再有什么变故，一方面是到了听天由命随遇而安的境界，另一方面则也是事已至此别无选择了吧。

　　　　（作者系原新闻出版总署科技与数字出版司司长）

一生缘分　一世爱好

陈　伟

人生就像博尔赫斯笔下小径分岔的花园，通往无数可能，但真正站在时空的路口时，每个人却只有一次选择。如果时间退回到 1977 年，我没有选择参加高考，而是继续练习乒乓球，不知道将会走向怎样的人生。但可以肯定的是，无论哪种选择，都注定了我和乒乓球一生的缘分，一世的爱好。

我和乒乓球的初遇有着鲜明的时代印记，始于小学大食堂。

时间回到 20 世纪 60 年代，那时候我还没上小学。有一天，我发现有人用大食堂两张大圆饭桌拼接作球台，中间放一个小学生坐的长条板凳当作球网，乒乒乓乓地打起球来。大一点的孩子们把这称作乒乓球，玩得不亦乐乎，我在旁边看着，偶尔能摸一下球拍打上几个球就觉得特别高兴。就这样，我断断续续跟着大家在圆桌上打了半个多月球，以为乒乓球台就是圆形的。后来才听高年级的小伙伴说，真正的乒乓球台是长方形的，于是我们就在硬质水泥地上，用粉笔画个框，中间放砖头当球网，在地上打球，一直打到我上小学。很久之后，我偶然了解到，乒乓球的起源就是英国人把网球搬到室内，以餐桌为球台，书作球网，羊皮纸作球拍而产生的。这样看来，我在公社食堂第一次接触乒乓球也就不足为奇了。

上了小学后，家里人见我喜欢乒乓球，就节衣缩食花5毛钱给我买了一只光板球拍。球拍虽然简陋，却是我人生中的第一只球拍。我爱不释手，除了在地上打乒乓球，还用来玩板羽球，一只球拍琢磨了好几种玩法。其实不只是球拍，就连小小的乒乓球在那个年代也格外珍贵。乒乓球5分钱一个，质量粗糙，中间能看到明显的接缝，水泥场地特别费球，新球没几天就磨破了。即使这样，我也舍不得扔，用胶布把破洞粘上继续玩，一个球我最多粘了三块胶布，后来实在弹不起来了才作罢。

小学三年级时，因为学习好我被评上了优秀学生，父母奖励我，便又给我买了一只海绵球拍，我如获至宝，这只球拍伴我度过小学，一直到进入体校。这时候学校刚刚有了水泥球台，我也第一次见到了正规的乒乓球台。海绵球拍配乒乓球和水泥台，和在地上打球相比，条件算是有了很大改观，我的球技也有了突飞猛进的增长，渐渐在整个学校都鲜有对手。

到了五年级时候，经过层层选拔，我代表城关镇的所有小学到绵阳市参加比赛，就在这次比赛上，我被刚刚恢复重建的绵阳市业余体校选中了。1974 年，正读初中一年级的我进入业余体校，开始接受正规的乒乓球训练。白天上文化课，下午放学后训练，一直到晚上七八点钟结束。

回想起这段时光，苦中有乐。到自贡市比赛交流，我们背着被褥蚊帐和洗漱用品，像背着行军包袱一样，坐着绿皮火车还要转几次车才能到达比赛地点。那时候没有条件住酒店，教练和我们一起在水泥地上铺一层稻草，然后铺开被褥和席子，和衣而睡。尽管苦，但在那个年代，能有机会到外地见识更高水平的比赛，我们内心都特别高兴。

这样的日子持续到 1977 年。这一年，我们国家发生了大变化，于我而言最重要的便是恢复了高考制度。一个艰难的抉择也在这时候摆在了我面前：是继续在体校学习乒乓球，还是放手一搏参加高考？

矛盾的焦点在于球想打，大学也想上。当时我的球技在学校出类拔萃，继续学习的话以后作为一技之长谋生不成问题，况且对我来说乒乓球已经成为一项深入到骨子里的爱好，就此放弃内心也很痛苦。同时，我的学习成绩在班上也是名列前茅，但毕竟刚刚恢复高考，考学的话我心里没底。这时候，教我乒乓球的李老师鼓励我说："以你现在的技术，到国家队有点难，进省里的青年二队不成问题，'文革'刚刚结束，百废待兴，如果你能考上大学，命运就将改写了。就算考不上，回来还可以接着打乒乓球，以后当教练也很好。"我一想，老师说得很有道理，于是全力以赴备战高考，并最终以高分如愿考取了电子科技大学。

进入大学后，我又重新拿起球拍，无论在电子科技大学上本科，还是在上海交通大学读研究生的时候，我多次夺得学校比赛的冠军。2002年，因为工作调动我来到北京，两年后我儿子也转学到北京牛栏山地区的学校读初中。对于环境的变化，成人很好适应，但孩子就难了。在成都时，儿子上的是当地最好的学校，到了北京却在郊区学校就读，生活和学习环境的变化，让他无所适从。作为父亲，我能感受到他内心的不安和困惑。怎么帮助他适应这里的生活，融入北京呢？

我想到了乒乓球。

从2004年开始，我每周带着儿子去打球，一方面为了锻炼身体，另一方面，在打球的过程中，父子俩沟通多了，他慢慢向我敞开心扉。练球之余，他常常和我说起遇到的困惑，比如因为没有接受过军训被子叠不好被宿舍管理员批评，考试字迹潦草被老师责怪，等等，这些大人们看起来不足挂心的小事，却成为压在儿子心上的石头。了解到这些事情以后，我便及时和老师沟通，帮儿子解开心结。

那段时间，乒乓球成为连接我们父子亲情的重要纽带，也帮他顺利地适应了北京的生活和学习。儿子成了品学兼优的好学生，不仅考上了名牌大学，更重要的是，成长为一个身心健康、乐观向上、朝气蓬勃的青年人。而回首陪伴孩子一同打球成长的日子，也是我最幸福的时光。

从那时起，我周末打球的习惯就坚持了下来，一场球打下来，大汗淋漓，一周的工作压力也都得到了尽情释放。虽然现在儿子很少和我一起打球了，但我在乒乓球俱乐部遇到了许多志趣相投的朋友，场上我们挥拍切磋球技，场下相谈甚欢，也是人生一大乐事。与此同时，坚持训练也让我保持着良好的竞技水平，2014 年我达到了健将级运动员水平。

如今，我越来越体会到，打乒乓球的最高境界就是做自己，打球过程中的输赢也像体会人生中的酸甜苦辣，胜败起伏都是自然规律，要学会享受过程，败不足惜，胜亦不必喜，如此才可以拥有豁达开朗的人生。此生与乒乓球结缘，是我人生路上一大幸事，只要生命不息，这个爱好我就会一直坚持下去。

（作者系大数据总裁俱乐部现任主席）

乒乓如我另一半

金　刚

作为"60后"一代，我们的生命经历了国家的动荡、变革和发展。正如我接触乒乓一样，也是源于大事件中的小球。

1971年，以"乒乓外交"为代表的民间外交推动了中美关系正常化。在孩子们的眼中，可以与金发碧眼的美国人对阵的中国乒乓运动员，无疑是时代的英雄。容国团、庄则栋、李富荣……这些名字耳熟能详。国手们的穿着打扮、言语步态，还有梁戈亮挥动的"十三大板"，都成为少年时代的我们追逐的潮流。

就是从那时起，我加入了全民乒乓的行列，开始对这个灵活的、充满民族自豪基因的国球运动着迷。

少年时代，生活是艰苦的，物质是匮乏的，包括运动器材。

几分钱的乒乓球，常常会打裂、踩扁。裂的口子若不大，我会贴上小块活血止痛膏，让球"带伤上阵、继续服役"；若踩扁了，扁球用开水（淘米水）烫一下，恢复原状。有一次用开水煮球，开个小差忘记了，愣是把乒乓球煮成灯泡大，惹得小伙伴们开怀大笑。乒乓球拍，从自制五合板到2毛钱的光板，再到6毛钱的麂皮板，我宁愿饿着肚子，攒下早饭钱，一点一点地"谋求升级"。舅舅曾经送我一个反胶乒乓球板，这个"豪华"装备成为我整个青少年时代的荣耀。

学校仅有两三个水泥球台，码上几块红砖，勉强算作球网。放学时，学生娃们用百米冲刺的速度去霸台子、抢位子，往往是僧多粥少，能上台子打乒乓的幸运儿寥寥无几。

抢不过高年级学生的我们不甘心，放学后，在教室里用课桌拼凑起大小相仿的"球台"，以红砖或球包当球网。桌面高高低低、歪歪斜斜，乒乓的乐趣，却在左推右挡中丝毫不减，仿佛相持回合越多，我们的模样就越接近心中的英雄偶像。

父亲单位的会议室里有一张正规的乒乓球台，有幸赶上会议室门没上锁，能在真正的乒乓球台上挥上两板子，那感觉，简直像享受一顿满汉全席一般地酣畅。

乒乓，小小的银球，是伴随20世纪60年代生人的温暖回忆。

我参加工作后，一度因为忙碌，疏远过乒乓球。当疲倦和劳顿的感觉反馈到身体上，似乎在提醒自己：需要用健康的体魄和丰富的生活去反哺身心，促进良好的状态去投入工作。

于是，我选择重拾两大爱好，一静一动。

"静"为国画，"动"为国球乒乓，加上自己喜欢研究、模仿中国东南西北方言（我认为倡导普通话的同时，应该保留地方方言，方言是非物质文化遗产，是"国语"，没有方言，就没有中国众多的戏曲），故戏称自己为"三国演义"，并将这个名字用作网名。

工作时，我追求提升，追求超越，追求更加完美的状态。同时我注重和谐，会照顾旁人的感受，适应工作的节奏。总而言之，和我一起工作的，不管是上级还是同事，都是比较融洽愉快的。

球友们评价：打球时的我，看起来大不一样，总是爱整得对手别扭、无奈。

我偏好进攻，凶、狠、快，"刀刀见血"！常常不按套路出手，任性随我。我不在意得一分，赢一局，我只在意一出手，球风就充满血性的精神，追求来自身体深处的"灵魂释放"。比赛时，不介意结果的我，打得放松，打得畅快，在局点、赛点时，常常出其不意，满血复活，在友谊赛里成为夺取冠军的"黑马"。有一段时间，球友们以打败我作为衡量自己是否进步的标准，弄得我哭笑不得。我笑他们找错了目标，也笑他们失去乒乓里绝大部分的快乐。现在的我，已经很少参加比赛了，经常戏谑自己：哥虽淡出江湖，江湖里仍有我的传说！

当抛出乒乓球，起板进攻的刹那，我，的确唤醒了身体里另一个自我。

朋友指点："老好人"的性格是需要一个平衡点的。乒乓于我，或许就是平衡的所在。

平衡，是矛盾双方在力量上相抵而保持一种相对静止的状态。已过知天命年纪的我们，不会听天由命，不会无所作为，在平凡的生命过程中努力作为，在此消彼长的繁杂现实中追求和谐。

简单轻巧的行囊，三五常聚的球友，在抽削搓拉的乒乓对垒中，生活变得激情四溢，又胜似闲庭信步。我常出差带着球拍穿越城市空间，以球会友，构建属于我的时空。

爱好，是依赖于自己主动去坚持的。乒乓，不仅是我的爱好，更是我生命的一个部分。乒乓，轻盈到感觉不到重量；乒乓，重要到如影相随，它的可持续将伴随着我，从夏到秋，从冬又回春，从少年到白头……

（作者系中国科学院量子创新研究院院长助理）

我和国球的这些年那些事

周 庆

　　球友加挚友王鑫给我交代一项任务，让我写一篇有关我和乒乓球的故事，这倒一时把我难住了。乍一想，从小心仪的乒乓球已伴随我半辈子了，从学球到参加各类比赛，其间结识了很多良师益友，也有不少心得体会，自然还有许多难忘的趣闻逸事，但提笔写点什么呢？倏然间还是没了头绪。思来想去，还是说说以下这三件事吧。

不甘示弱的"输干队"

　　1978 年 9 月，我因参加甘肃省少年男子乒乓球比赛及甘肃省体校队内选拔赛获得优异成绩，而被选入甘肃省少年队，并代表甘肃省参加了全国少年乒乓球赛洛阳赛区比赛。

　　因是第一次参加全国性的比赛，心里非常激动和兴奋，并暗下决心，不负众望，打出好成绩。然而一切并非想象那般如意。一到洛阳，经适应场地的赛前训练，我发现所有参赛队的技战术水平都不差，尤其以江苏、河南、陕西最为突出。无论是正胶快攻、反胶两面弧圈，还是守球、长胶等打法，其训练的技术和质量都远远高人一筹，着实让我们一时有点发蒙，心里也感到有些发虚，以至于团体赛上我队有人胆怯得不敢上场，因此影响了整个球队的士气以及技战术的正常发挥。这个时候，获胜球队在欢欣喜悦的同时，自然有些自大狂妄起来，也对我们少了些许尊重，甚至有人竟调侃称我们是"输干队"。

记得单打分组赛时，同我在一组的江苏和陕西的队员，就开玩笑说："噢！是同'输干队'一组呀！不用比就已分出胜负了。"本来团体赛的成绩已让人不爽，听其一说，我顿感自尊心受到了伤害，于是反问道："何为输干？""输干还不明白，干输（甘肃）、干输（甘肃），输得干干的！"

正是这一句玩笑话彻底激怒了我，也改变了比赛气氛和结果。

当时，一向很少动怒的我终于暴发了，我狠狠回了句："甘肃队怎么了？谁输得干干的？咱们场上见分晓！"话虽这么说，但比赛还是要靠实力的。教练刘力振老师得知情况后，及时给我做思想工作，并为我打气：不要把对方看得太高，训练一个样，比赛一个样，关键还是看临场的战术、信心、应变和心态。教练的鼓励，对手的"刺激"，一下子激发出了我从来未有的斗志。为做到知己知彼，我和教练都到现场仔细观察对手，梳理其技术特长和漏洞，并制定了一套克敌制胜的战术。没想到，比赛中我也像换了个人似的，一改平时四平八稳的球风，充分利用多变的发球，积极主动上手，一路领先，越战越勇。每赢一球，我都在场上振臂呐喊，为自己鼓劲加油，争取在气势上占据先机，压倒对手。同时在技术上加强球的旋转变化，并注意控制落点，破坏对方的进攻。由于气势高涨，且技战术水平发挥出色，我最终兑现了自己的"豪言"：以两个2∶0分别战胜了江苏队和陕西队的选手后，接着又连胜洛阳队和青海队的选手，以小组第一成绩进入第二阶段比赛。

虽然那次比赛我最终仅获男单第八名，但其中也有一些骄人的胜绩：我当时曾一举战胜过位居第五名的陕西队的李燕（注：此人曾获全国儿童乒乓球比赛冠军，后入国家队），又和第二名河南队一名选手苦战五局，以2∶3惜败。

这次经历真是获益匪浅。它不仅让我学到了先进的乒乓球技术，还磨炼了我的意志，让我学会了面对困境时如何做到坚强，同时也让我找到了自己的不足，为我今后的成长积累了经验。也正是因为如此，这次经历真是让人终生难忘。

球迷高台跃下追球星

1998年12月，爱立信CCTV乒乓球擂台赛在兰州体育馆举行。我的好友——甘肃省乒乓球队借调教练王中安——约我一起去看望前国家乒乓球队总教练、本次赛事主办单位——三鼎公司——总经理许绍发，并顺便观赏一下国球风采。

由于擂台赛在甘肃尚属首次，且又有刘国梁、李菊两位世界冠军前来参加比赛，故吸引了来自全省各地诸多的球迷前来观看，其火爆程度绝不亚于世锦赛，五千人的体育馆座无虚席，可谓一票难求。比赛结束后，许多球迷仍围着许指导和刘国梁索要签名和合影。就在许指导一边为球迷签名、一边从嘉宾通道走向门外时，突然，一中年男子从三米高的看台上纵身跃下，摔倒在许指导身旁。这一突发事件，让许指导和在场的人先是一惊，随即这位男子被"护驾"的几名保安迅速摁倒在地。只见这男子一边挣扎一边喊道："许指导，我不是坏人，我是农民，我喜爱乒乓球，是坐了一夜的火车赶来看比赛的，我就想请您看看我的拍子能不能拉弧圈。"听他一说，许指导赶紧拉开保安，俯身扶起中年男子："摔着没有？有啥要求，慢慢说。"中年男子一边道谢，一边从破旧的布包中拿出拍子，解释道："农村条件差，买不到拍子，就自己做了一只。"许指导接过拍子，发现它很特别，拍面上没有海绵，只有一层不同于任何拍子的皮子，便问道："拍子是怎么做的，好使吗？""底板是照着县城百货商店里卖的拍子，用木板做的；皮子是用羊皮做的。农村没有教练，全凭看电视学球技啊。看国手拉弧旋球很过瘾，也想学。听了您在电视上的解说，拉球要摩擦球，于是就把羊皮打磨了，但不知为啥还是拉不上球。"中年男子边说边不好意思地挠着头。许指导抬头望了眼身着破旧上衣、面色仍有倦意的中年男子，心里一阵酸楚："这拍子怎么能打球，先不说了，到我住的地方，我送你一套胶皮吧。"中年男子似乎不敢相信这话是真的，连忙问："您送我一套？""是的。"许指导说。"那太感谢您了！"中年男子有些哽咽道。随即便跟随许指导到了宾馆。经了解，该男子是甘肃天水市礼县（现属陇南）人，很小就喜欢上了乒乓球，因没钱买球台，就和几个喜爱乒乓球的朋友找了些木头，用锯子和刨子等工具制作了一个球台，平时农活闲时就在自制的球台上练习打球，自娱自乐。从报纸上看到这次擂台赛的消息后，他便专程从县上乘坐两个多小时汽车赶到天水市，又连夜坐了8个多小时的火车赶到兰州观看此次比赛。为省点钱，他花20元买了最便宜的门票，谁知座位离赛场太远，根本看不清楚比赛现场实况。就在遗憾之时，意外看到了许指导，心想此机会再不抓住，以后恐怕不会再有了，于是就发生了"高台纵身跃下追许指导"这惊人一幕。

当中年男子接过许指导赠送的套胶时，一直在现场的我发现他的手不停地在抖动，我能感受到，这名中年男子怎么也想不到，前国家乒乓球队总教练，会赠送给他一套他一生都难以见到的套胶。这对于他是多么的珍贵啊。他小心翼翼地从包中取出一本书，将套胶夹在里面，又拿出衣服将书裹了一层又一层。就在中年男子将它放回包里时，我意外发现他的包里还有一张大饼，也许这是他路上的干粮吧。望着中年男子离去的背影，我心中顿时涌起莫名的感慨：这位农民真不容易，做球迷更不容易。乒乓球对于他来说，顶多就是个爱好。他甚至短时间里还不具备打乒乓球的消费能力，但他依然以其独特方式"快乐乒乓"，也许这就是国球的魅力吧。

刘国梁帮大娘索签名

刚刚送走中年男子，我们和许指导还未说上几句话，刘国梁便敲门进来，身后还跟着一个 65 岁左右的大娘。刘国梁手里拿着一沓照片，指着大娘对许指导一口气接着一口气地说："许指导，您虽在招待客人，我还是要打扰您一下，真不好意思！这个大娘实在让我太感动了，大冷天她在宾馆外已等了好久，也不知她从哪里搞到我的训练照片，刚刚她找我签了名，又一直等着您签名。因不知您住哪，就满层楼找，她也想请您在照片上签名，不知可不可以？"

此时，没等许指导回话，大娘忙接过话："许总，我知道您很忙，见到您太高兴了！你们能来甘肃搞比赛，是我们的福气，太谢谢您啦！我喜欢乒乓球，更喜欢国梁这孩子，他为中国增光，给国人争气，每当看到国旗升起，我就激动得落泪。他的成长，都是你们教得好、带得好。这些照片，我花了很大功夫才找到的。"

许指导拿过照片，一边翻看着，一边说："大姐，没问题，一定签，我们应该感谢你们支持才对呀！"话毕，他又转头对国梁说："大娘这么喜欢你，这些照片你可要全部签上你的大名啊。""都签了。"刘国梁连忙回答。就在许指导签名的时候，大娘还不失时机向在场的我推荐："你喜不喜欢？如果喜欢，我告诉你售卖地址。这些照片不算贵，6元一张。""您是从哪里搞到这些照片的？"我好奇地问。大娘答："《乒乓世界》杂志上就有这些照片的售卖消息和地址呀……"眼前的这个大娘，让我非常惊讶！普通的容貌，朴素的衣着，看不出有何特别，平时过日子，买菜都有可能讨价还价算计着，但买起照片，6元一张连眼都不眨，而且一买就是一二十张。这是为了啥？而且她还这么执着，为了一个球星的签名，她在寒冷的冬季，在宾馆外静静地等候，在每一楼层苦苦地寻找……这恐怕就是球星身上闪烁的一股无穷魅力！这也许就是万千球迷内心深藏的一种精神的力量和爱国的情怀。

（作者系深圳报业集团发行物流有限公司常务副总经理）

谈谈开球网这六年

周　易

　　时光飞逝，一晃开球网正式运营六年了，回想这六年我和我的团队所经历的一切，有喜有悲、有笑有泪，仿佛就在昨天，实在是很难用文字来表达。

　　记得我刚刚来北京发展的第一年，周末的时候朋友带着去什刹海体校打乒乓球，就在那里认识了zball，当时肯定想不到，多年后会和他在乒乓球上一起做点事。zball是北京有名的乒乓球发烧友，而我自己从美国乒协积分体系里学到了一套积分赛的运作方式，并且开始在北京尝试推广。通过参与和市场研究，我认为这是一个好项目，就找他商量能否共同把这个积分赛推广到全国乃至全世界。记得是在一个大雪纷飞的傍晚，就在蒲黄榆附近的一家饭馆里，窗外昏暗而寒冷，屋内明亮而温暖，两个乒乓球爱好者交流了一些关于积分赛事的推广思路和运营模式，一拍即合，开球网的概念就此形成。

　　简单来说，开球网的核心就是积分，积分的核心作用就两点：1.通过积分变化来记录乒乓球运动员的水平起伏，为广大乒乓球爱好者的竞技水平提供一个评估工具；2.通过积分为广大赛事分级，民间乒乓球比赛不再是高手的天堂，低手的酱油铺，让每个乒乓球爱好者都能找到一个展现自我的舞台，都能找到一群和自己水平相当的小伙伴，都能通过自身努力去赢得锦标和荣誉。

　　每次我们看到一些普通水平的爱好者热衷于开球网积分赛，十分关心自己的积分变化，甚至喊出了"这就是我的奥运会"这一令人激动的口号时，我就感到我们的努力没有白费，我们为全体乒乓球爱好者创造了价值。

　　在开球网发展的头几年，坦率说不是很顺利，碰到的狗血事情居多，而且由于经验不足，也碰到了一些别有用心的人甚至江湖骗子。不过也有很温暖的情节。记得 zball 总喜欢对我说："为什么别人的线下活动可以找到这么多的赞助商和合作方，咱们的活动比他们强多了，却始终找不到呢？"我当时也只有尴尬地笑笑，表示我们潜力大，肯定能找到。于是我到处找赞助，结果第一次上门找赞助的过程就让我感受到了温暖，那个赞助商是我们朋友的朋友，当时就很爽快地同意见面谈。当天上午见面后，简单聊了一会儿，他当即就表示可以赞助我们的活动，而且还告诉我们："现在我赞助你们，是看你们人不错，但以后如果你们发展好了，事业做大了，可能我就没这个力量帮助你们了。"这个赞助商我们现在还在合作，我内心一直对他充满感激之情，我感激的并不是他当时提供的那些物资，而是他给我们带来的那宝贵信心，这简直是最重要的！谢谢你！

经过一段时间的阵痛，陆续也就有贵人相助了，以前在 IT 圈子里，自己的背景只能说够找一份看起来较为体面的工作；但如今进入这个行业，圈内读过大学的都很少，家族企业的居多，我这所谓的"名校硕士＋财富五百强"顿时高大上起来。一般的圈内人士知道后，都会摸不着头脑地来一句："你这样的怎么到我们这圈里来了？"我也只有尴尬地笑笑，"喜欢而已，喜欢而已。"

第三年开始碰到两个贵人，一个是认识多年的朋友 L，给我介绍了核心客户，虽然业务略有偏差，而且也有扶持对方的感觉，但也能通过这项业务发展自己。每年还能有点小收入进账，多少能对我们现金流产生点积极影响。现在看来，这一步实在是很感谢 L，让我们心里踏实不少。另一个贵人 C 更加直接一些，给我们提供了投资；恰逢此时，之前我那投钱的发小，他在其他生意上出现了较大的问题，急需用钱，就以溢价 20% 的价格，收回了投资。回想起来，当时他肯定还是准备了我还价空间的，可惜我还是傻乎乎的，一口答应了。值得一提的是，头两年无论是广告费、活动费还是公司估值，我居然从来没有还价过，都是别人说多少就是多少了，或者我报一个价，别人也不还价。现在想起来不禁哑然失笑，可能这也是为什么大家都爱找我合作的一个原因吧。

这些年公司的生意基本上也是越来越好，业务上也更多样化，甚至都有几次用到了尘封多年的英语，开球网积分赛也开始走向了世界。在习近平"一带一路"倡议引导下，我们也在中国香港、阿联酋迪拜、津巴布韦、圣彼得堡组织了不少开球网积分赛，真正把具备中国特色的体育赛事带到了全世界。国家体育总局副局长、中国乒乓球协会主席蔡振华也在内部会议上，对开球网、对我个人提出了表扬，也让我们心里觉得暖暖的。即使最后我们没有所谓的"创业成功"，但我想在我们自己的心里，在我们能影响的上百万用户心里，我们也算是"改变了这个世界"。

2017 年初，我们的一个活动得到了卡塔尔航空的赞助（就是西甲巴塞罗那足球队那个胸前广告赞助商），我专门把我那合伙人哥们叫到一边，对他说："你还记不记得，以前你总说我找不到赞助，现在我把梅西的赞助商都找来了，你服了吗？"我哥们笑了笑："那你下次把梅西叫来呗。"

（作者系开球网创始人）

比利时女孩的"奥运梦"

赵 晖

2014 年春，一天我接到比利时著名乒乓球教练王大勇的电话，他说推荐了一名比利时的小女孩到北京体育大学留学训练乒乓球和学习中文，因年龄原因需要在北京找一个信得过的人作为这个女孩在中国的监护人。和王教练熟识多年，我没犹豫就答应下来。

2014 年 8 月，中国驻比利时大使馆在布鲁塞尔为获得中国政府奖学金的 69 名赴中国留学的比利时学子举行欢送会，其中 14 岁的小姑娘林赛年龄最小，留学目的是学乒乓、学中文。

林赛·德沃（Lindsay De Vos），2000 年 3 月出生在比利时。林赛的父亲是个超级乒乓球迷，经常到俱乐部打球。乒乓球在比利时虽然比不上足球等大型项目，但也是挺受欢迎的体育项目，全国有 500 多个乒乓球俱乐部。林赛很小的时候，爸爸抱着她去俱乐部打球，她也逐渐地喜欢上了这项运动。

林赛长到 6 岁，父亲在家里安装了球台，正式教她打乒乓球。3 年后开始在同龄小伙伴中显出优势，林赛对乒乓球也越来越痴迷。9 岁时，父母带着林赛前往德国，参加各种青少年的乒乓球集训，林赛的球技又得到进步。

林赛说："2013 年，爸爸、妈妈带我找到了在比利时很有名气的教练王大勇，他当过比利时国家队多年教练，培养出大塞弗等名将。我在王教练的指导下练了一年，球技有很大提升，获得了全国锦标赛同龄第一名。我给自己树立更高的目标，开始关注中国的乒乓球星，我喜欢穿有中国国旗的运动衫打球，因为我喜欢张继科，还有丁宁和刘诗雯；梦想有机会到中国训练。"

王大勇对林赛的评价很中肯："林赛是练乒乓球的好苗子，这个孩子有一股韧劲儿，能吃苦。因为她的母亲是田径运动员，从小跟着妈妈锻炼，身体条件不错，力量比较足。"

天遂人愿，机会真的来了！王大勇教练联系了中国驻比利时大使馆和北京体育大学，为林赛争取到去中国留学训练一年的机会。

2014 年 9 月，王大勇教练和林赛妈妈一起陪着林赛来到北京体育大学。当时她只会说"你好""再见""我是林赛"三句中文，是王大勇教练教的。林赛母亲在北京陪了她两周后就回国了。林赛回忆道:"我开始独自面对陌生的环境,没有朋友,语言不通,感觉很孤独,一想家就哭。可是一走进学校宽敞明亮的乒乓球训练馆,我就什么都忘了。我每天都能跟随中国的世界冠军牛剑锋老师练乒乓球,训练课程很系统,让我天天练球都很兴奋。每周一到周五下午是训练时间,在综合训练馆,按教练安排发球、正手、反手、多球,训练内容和流程与中国同学完全一样。我晚上还经常去加练发球技术。在牛剑锋老师的指导下,我的正手进攻很有进步。每天上午学习中文,读写中文真的挺难。可是能听懂中文就能听懂教练的话,所以我学习很用功。"

担任林赛乒乓球训练的指导老师是肖劲翔和前世界冠军牛剑锋;老师对她的评价是:"因为年龄等原因,技术上肯定不如大队员精细,但她身体素质不错,单板技术也可以,需要提高综合型的技术,再一个就是通过多打比赛积累经验。跟北体大校队队员训练可以练到一块,比赛的时候差距就比较大。"

2015 年 5 月,中国驻欧盟使团与欧盟机构联合主办的第二届中欧乒乓球友谊赛在比利时首都布鲁塞尔举行,中国驻欧盟使团团长杨燕怡大使在开幕式致辞中还提到林赛,"据我了解林赛在中国学习和生活十分愉快,球技和中文都取得很大进步"。

经过一年的训练,2015 年暑假林赛回到比利时,参加了少年公开赛获得了单打冠军，在中国留学训练得到了回报。她父母非常高兴。"可是爸爸不跟我打球了，因为他打不过我了。"林赛说。

留学假期回国中间，林赛经常参加一些中国和比利时两国之间的活动，还有电视台、报纸等媒体的采访，林赛将自己在中国的所见所闻如实展现给大家，让更多比利时人了解到现在的中国。

为期一年的留学结束后，王大勇教练又和各方沟通将林赛的留学期限延长一年；学校对林赛非常照顾，2015年的世乒赛在苏州举行，学校特意安排她到苏州观看；北体大乒乓球队的学长还带林赛到中国乒乓球队观摩，并且见到了世界冠军刘诗雯。课余时间林赛去了长城、故宫、颐和园、香山，还有雍和宫。

对于未来，林赛说："我越来越喜欢中国，喜欢吃北京烤鸭、宫保鸡丁、包子、饺子、面条。我的梦想是能代表比利时参加2020年的东京奥运会。我想好了，将来一定要来中国读我的大学。"

2016年7月15日晚，我开车把林赛送到首都国际机场，陪她把所有的手续办好后已是16日凌晨。回家的路上，回忆和林赛两年来的相处，我感触颇多：首先是她对乒乓球的执着，王大勇教练曾经告诉我，来中国留学前林赛的父母因为居住的城市训练水平有限，经常在林赛放学后带她驱车到100多公里以外的俱乐部训练，这也是王大勇决定帮助林赛的出发点之一。还有自律，我虽然作为林赛的监护人，但因为居住和工作的原因不能经常见到她，她除了参加学校组织的外出活动外，平时都不离开学校，这点在十多岁的孩子中很难得。记得有一个假期，林赛希望在一个校外的俱乐部增加训练，考虑到各方面的问题，我没有同意，她虽然当时不太高兴，但也听从了我的决定。第一次约球友和林赛一起打球结束后吃饭，朋友们给她倒啤酒，她表示因为年龄不到不能喝，此后聚会她都是喝饮料。每次我开车去接她，上车后不论坐在哪里，第一个动作就是系安全带。和我的球友们打比赛的时候，如果对方发球违例，林赛就不接，在她的概念中比赛就要公平，必须按照规则进行。

有朋友问我和林赛如何交流，林赛的母语是荷兰语及法语，英文也不太懂，来中国前她一点也不会中文，最初我和林赛交流全是靠手机翻译软件，还好她的中文掌握得比较快，一年后我们就可以用中文交流了。我当初曾考虑学点法语，尝试了一下，对我来说难度太大，后来果断放弃了，到目前还只会一句"Bonjour"，意思是"你好"。

20世纪80年代荷兰的女运动员贝蒂娜·弗里斯科普，独自一人来到北京体育大学学习乒乓球，最后获得了欧洲乒乓球冠军！希望林赛也能像弗里斯科普一样，通过自己的拼搏最后站到领奖台上！

（作者系《乒乓世界》杂志编辑、乒乓球国际级裁判）

一方球桌　品悟百味人生

侯云灏

　　40多年后，当我在北京的乒乓球馆挥拍打球的时候，偶尔会想起当年山东大地上那个青涩的少年，拿着父母省吃俭用买来的光板球拍在水泥台上练球的时光。

　　那是我和乒乓球初识的岁月，时空场景转换，如今我已人过中年，回首往昔，乒乓球伴我少年成长，陪我青年工作，已经成为我生活中不可或缺的一部分。在这几平方米的乒乓球台上，我曾经面对无数对手，品尝人生百味，比赛的胜负不足挂心，但每每从中悟出的道理却让我颇有收获。

打乒乓球能开阔视野

　　我出生在体育世家，父亲是北京体育学院（现北京体育大学）的教师，20世纪50年代开始从事越野训练，是我国第一批马拉松运动员。长期高强度的训练让他跑出了成绩，但也不可避免带来了伤病。父亲并不希望我也如此，因此并没有对我进行专项训练。后来父亲工作调动，我们家搬到山东聊城体委大院，耳濡目染下我开始琢磨，自己能学个什么运动项目呢？

我的身体条件一般，个子不高，很多人建议我举重，但父亲不同意，举重太辛苦了，而且身体容易变形，伤病也严重。我对足球、篮球和排球也都有兴趣，但足球和排球受限于场地和团队，很难组建队伍，至于篮球，虽然我的动作不错，但受限于身高，也并不适合。这时候，乒乓球这个大众体育项目便进入了我的视野，成为我的最终选择。

13岁那年，我报名参加业余体校的练习。那正是20世纪70年代末，学校里学习任务比较放松，业余体育运动却开展得很好。每天下午三点后学校不上课，我就去体校打乒乓球。早在20世纪60年代末来北京探亲时，都能看到国外运动员在学校训练，当看到他们手里拿着统一的球拍、排着整齐的队伍，上下训练课时，我十分羡慕。回到家我就闹着要球拍，尽管当时家里生活不宽裕，但父亲还是很支持，节衣缩食买了一只光板球拍送给我。这是我人生中第一只球拍，虽然只是个光板，但我如获至宝，高兴得睡不着觉，躲在被窝里比画动作。

由于起步晚、基础差，我刚进体校初期成绩很差，输球是常事。但我并没有灰心，集体训练后经常单独加练，功夫不负有心人，两三年后，我的球技大有长进，但是也只是业余水平。

常言道，山外有山，人外有人。就在我为自己的成绩沾沾自喜的时候，却被一次比赛深深"教育"了。

当年，山东省的乒乓球运动水平在全国位居前列，我随学校一起参加山东省的乒乓球比赛，见识到了真正的高手，感受到高水平运动员的精湛球技，攻球、弧圈球、削球……各种技术让我应接不暇。最终夺得少年组冠军的同学是打削球的，挥拍动作特别潇洒，看完我心里暗想：原来乒乓球还能这么打。常人看来，削球是以防守为主的技术，处于弱势，但实则攻守之间并没有孰优孰劣，进攻可以取得主动，防守也可以以柔克刚，以退为进，反败为胜。在做人上也是同理，就像太极推手，进退之间，攻守有道。这时候，我也意识到，视野格局决定了人生高度，不能坐井观天，要把眼光放长远，跳出自己的小圈子，去追求更高的目标。

恢复高考后，我知道人生的新机遇和新目标来了，国家百废待兴，我要到更广阔的世界实现人生价值。此后，我暂时放下球拍，把重心放在学习上，考入山东大学。大学毕业后，经过硕士、博士阶段的学习，最后落户北京工作。

打乒乓球能愉悦身心

工作之余我又重新拾起球拍，除了强身健体之外，在球场上也结交了很多朋友。历史上，"乒乓外交"推动了 20 世纪 70 年代的中美两国建交，在我的工作生涯中，乒乓球也一度帮我打开社交局面。

2004 年，我因为工作调动，到国务院新闻办公室工作。那时我已经当副教授十年了，在国内已经是崭露头角的青年学者了。然而机关竞争激烈，像我这样的学者初到机关，难免被排挤。刚进机关不久我就感受到了这样的氛围，怎样缓和紧张关系呢？我想到了乒乓球。

机关大楼里有一张球台，午休时我主动与同事一起打球，机关形成了午休打球的风气，最多时有 20 多人排队等着打球。经过一段时间的较量，我在机关总是赢多输少，基本没遇到什么对手。午休时间短，很多人经常轮不到上场就到上班时间了，我们便发明了一个办法，称作"考试"，大家上来先跟"考官"打一个球，这个球赢了才能获得打球机会。因为常赢，我经常做"考官"。一时间为了赢得打球机会，大家激烈竞争，氛围一下子活跃起来。球台上不分年龄，也不论级别，无论是普通干部还是机关里的大领导，大家同台竞技，小小的乒乓球不仅调剂了业余生活，更缓和了工作上的紧张关系，一个小小的球台成了凝心聚力的阵地。打球过程中，我认识了很多同事，很快就和大家打成一片，这段往事后来听有的同事们说是"乒乓外交"。

打乒乓球能提升境界

"参与比取胜更重要"是奥林匹克运动广为流传的名言，随着人生阅历的增长，我对乒乓球中蕴含的体育精神也有越来越深的感触。

有一年，机关系统内部举办比赛，我和另外一名下属单位的同志一起杀入决赛。从理论上讲我们是领导和被领导的关系，但在球台上我们是一决胜负的对手。那场比赛的裁判跟我学过球，也算我的半个徒弟。比赛时，对手在发球上有一些个人习惯，属于不规范行为，按规则可以判罚。而我当时因为赛前长期加班，体力下降，裁判见我落后了就要判罚对手发球违例，但我却觉得那样不妥，坚持请裁判不要判罚，最终我和冠军失之交臂。赛后很多同事跟我讲，裁判如果严格执法，一旦判罚，你本来可以夺冠的。但是我说，友谊第一比赛第二，重在参与嘛。正如奥林匹克之父顾拜旦所说："生活中重要的不是凯旋而是奋斗，其精髓不是为了获胜而是使人类变得更勇敢、更健壮、更谨慎和更落落大方。"后来，我也和这名同志成了好朋友，相约下次再切磋球技。

说起乒乓球中悟出的体育精神，我也想到习近平总书记提出的"人类命运共同体"思想，在体育比赛中，这一思想也有着生动的体现。

我曾经担任北京冬奥申委新闻宣传部副部长，奥运会上一个个运动项目能够唤起不同地区、不同种族、不同信仰、不同政治立场的人们共同参与，这些运动项目中蕴含的体育精神也常常引发世界上不同人群的思想共鸣，无论是流传已久的“更快、更高、更强”的奥运格言，还是“团结、和平、友谊”的奥运精神，都是人类共同的追求。

小小乒乓球中蕴含着无数人生道理，小到我的个人成长，大到整个国家乃至全世界的发展进步，学无止境，我将继续享受乒乓球带给我的快乐，传承乒乓球中蕴含的体育精神，领悟一方球台前的人生百味，体会“人类命运共同体”的思想共鸣。

（作者系中国网络空间研究院副院长）

乒乓球，我的良师益友

贺云帆

　　我从小不善言辞，但喜欢运动，特别是游泳。在湖南老家时，夏天几乎每天必去游泳，那时老家的资江清澈见底，我常花两个多小时跨江游上一个来回。后来到深圳来打拼，游泳就成了奢侈的运动，去游泳馆要花钱，去海边要花时间，对一个刚从学校毕业的上班族来说，已不现实。无奈之下，下了班就只能在公司周围跑步。刚到深圳人生地不熟，也不敢跑远，就在单位所在地上梅林凯丰路上来回跑。当时那里虽然车不多，但也不是很安全。可是这乒乓球的缘分却是在这不太安全的马路上撞到的。一次跑步时遇到一老乡，他在凯丰北路的福田电厂上班，说电厂全是咱们老乡，厂里有乒乓球室，可以带我去打球运动，那比在马路上跑步好，我当然高兴地答应了。

相　遇

第一次去打球，我连自己的拍都没有，电厂的老乡很热情，争先恐后地把他们的拍借给我，因为只有一张球台，有五六个人等着打，我于是提议打比赛轮庄。以前在学校也打过乒乓球，水泥台上打轮庄时我常做庄主，还拿过小名次，想当然以为自己很行。可是上去打了才知道，我的水平跟他们比差得太远了，当时还是21分制的，有一位哥哥竟然打了我21∶1，估计那一分也是故意让我的。当时我真是羞得无地自容，老乡们也看出了我的尴尬，都来安慰我说我很有运动天赋，只要坚持下来，一定能打出好成绩。这恐怕就是乒乓球给我上的第一课：任何时候，在不了解情况时，都不要盲目自信。

相　知

后来下班没事就去福田电厂打球，离得近，又不用花钱，还有那么多老乡热情地帮我，教我打球。从这时候起，我才慢慢了解什么叫旋转、什么叫推挡、什么叫扣杀。有人教，球技自然提升得快，有进步就有了乐趣，渐渐地，我就把游泳抛到了脑后，爱上了乒乓球。

练球不到一年，刚好赶上福田区的运动会有乒乓球比赛，老乡们帮我报了一个单打，当时就是想去见见世面，并没有抱多大胜出的希望，但是幸运就是这样不经意地来临，比赛取前六名，我拿了个第五名。虽然名次靠后，但对我是个极大的鼓舞，于是我更加狂热地爱上了乒乓球。

相　恋

因为福田电厂只有一张球台，打球的人却不少，我们每次打球都要排队，后来我也开始偶尔花钱去球馆打。

一次和球友去波皇乒乓球馆打球时，球馆的一位经理看我打了一会，他说我打得不错，有空可以来波皇做陪练。我问做陪练有什么条件，他说只要球打得好就可以来，没有客人的时候，教练和陪练可以自由打，有客人时就陪客人打。像我这样水平的，陪客人打是每小时30元，其中20元自己拿，10元交球馆。我一听乐坏了，那太好了，打球不用花钱，还能赚钱，便高兴地应承下班后来做陪练。

有了这份快乐的兼职，我便不再去福田电厂打球了。我每天一下班就往球馆跑，到球馆也不用排队，立马开打。当时波皇的教练、陪练挺多，一开始也没有客人找我陪练，熟客都找熟悉的教练，我就和空闲的教练打。当时有个快60岁的教练，听说是某省队退役的，但找他练的人也不多，我就经常找他打。他教我一些基本动作、击球的时间与落点等，当时我虽然不能完全领悟他的话，但是明显地感觉到自己在进步，心里高兴不已。练了几天，终于有客人请我陪练了，好兴奋，抱了一筐球就陪客人乒乒乓乓打起来。时间过得飞快，我们八点半开打，等他尽兴收拍已是十一点半，整整三个小时。虽然有点累，但我终于有了第一次的打球收入，计时90元，客人还给了50元小费，交球馆30元，自己还有110元。我马上就盘算开了，每天100元，一个月如果打30天，比我在公司一个月工资还高呢（当时我工资还不到2000元／月），当时高兴坏了，想都没想，直接奢侈一把打了个车回宿舍。

第二天早早就盼着下班，时间一到，在单位食堂匆匆吃点饭后直奔球馆。有客人就陪打，没客人就请教练教我，每每打到晚上十一二点才回，如此坚持不到半个月，整个人都瘦了一圈，白天上班也明显精力不济。当时我在单位是做人事主管，月底要负责给厂里200多名工人计考勤算工资，最终由财务负责人核对发放。以前都没出过什么差错，可是这一个月，我算错了好几个人的工资，被财务负责人到老板那儿告状了。老板找我谈话，我承认自己下班兼职去打球了。老板对我说，一心不能二用，你要分清主次，要么就去球馆当陪练，要么就回公司好好上班。我认真权衡之后，辞掉了球馆的兼职。这恐怕是乒乓球给我上的第二课。

相　生

后来我应聘到《深圳法制报》当记者，终于到了一个有乒乓球台的单位。当时报社和老司法局一起办公，没有自己的办公楼，办公室都紧张，球台也只得安排在办公楼的地下室，虽然条件差点，但有两张台，打的人不多，而且在自己单位，不用赶场，不用排队。下了班约几个同事从从容容地打上几个回合，很是惬意。在报社工作，接触的人也慢慢多了起来，也经常约一些朋友、高手来单位切磋。打球的同时，还时不时地找到一些社会新闻，为自己的工作添砖加瓦，真是工作打球两不误，相生相惜，球技与工作也都渐入佳境。

深圳每两年一届的"记协杯"乒乓球赛，也给我提供了很好的学习锻炼机会。从 2000 年开始，我连续参加了三届女子单打，分别拿过第一名、第三名和第四名。2004 年夺得第一名的那一次，在我的记忆中尤为深刻。当时的比赛是 11 分制，三局两胜，我顺利进入半决赛。比赛中，第一局我 8：11 输了，第二局我又 2：9 落后，当时，估计在场的大多数人都认为我与决赛无缘了。但那一瞬我没有放弃，叫了暂停，稍稍定了一下神，再投入比赛，认真盯好每一个球，结果奇迹般地连赢 9 分，以 11：9 扳回一局！这让我士气大涨，很快再拿下下一局，以 2：1 的比分成功逆转，打入决赛。在决赛中我更是信心十足，一举夺得桂冠。这是乒乓球给我的又一次启示：不到最后决不放弃。

因为有了几次赛事经验，信心倍增，后来又参加了诸多的比赛：深圳"中小企业杯"乒乓球赛参加过两届，我分别拿了女子单打第二名和第一名；"北京现代杯"乒乓球赛拿了女子单打第一名；深圳"水务杯"乒乓赛，我应邀加入水务工程公司队，我们拿了团体第一名……名次倒不是最重要的，但每一点点成绩的取得，都让我更增加了一份自信。通过打球，我也慢慢认识了更多的朋友，每个朋友的球路不同，性格也不同，真是一乒一世界，一球一人生。从他们身上，我又学到了很多新的东西，也愈发变得阳光开朗起来。

相　伴

如今，《深圳法制报》已停刊十多年，从报社出来，我自己开了家小公司，工作忙了很多，乒乓球打得自然比以前少了，球技也如逆水行舟，不进则退，很多后起之秀都已将我赶超。有那么几次，我被一个后我学乒乓球的朋友打败了，心中郁闷。我那朋友对我说：小贺，你知道你输在哪里吗？你就是发球抢搓，没有进攻意识，总是在被动防守，所以把机会让给别人了。他还说，进攻意识不光是体现在打球上，工作中更要有进取心，要寻找机会，主动出击。

朋友这番话对我触动非常大。回顾这些年来，公司虽然稳步前行，但突破都不是很大，仔细分析，还真是主动出击得太少了，失去了好多的机会。真是一语点醒梦中人，于是我在球台上开始改变球路与打法，工作中也开始另辟蹊径，寻找新的机会，尝试一些新项目，效果还真的不错。最近，球台上我又赢了回来，公司业绩也大幅上涨，虽然与朋友的公司相比还差距甚远，但我至少有了目标，并下了决心努力去缩小差距。

近几年我虽然已很少参加正式的乒乓球比赛，但与球友们乒乓小聚时，也总要分个高下，并且每一个人也都是永不言败的，这次输了一定会说：下次报仇，一定要争取赢回来！

乒乓虽小，却有着无尽魅力。它把不同的朋友聚在一起，没有高低贵贱之分，大家在一起切磋球艺，探讨人生，相互学习，共同进步，激发正能量，真是其乐无穷。

现在，乒乓球已成了我们相伴一生一世的良师益友，永不言败也成了我们人生路上奋力前行的不倒旗帜。

（作者系深圳市线艺形象设计有限公司总经理）

我的乒乓球缘

袁伟迅

　　一纸摊开，一笔在握，望着窗前的明月，浮现在脑海的，是我与乒乓球的点点滴滴。

　　黄石是我的故乡，学习乒乓球的氛围极好。在我小学二年级的时候，我和几名同学很幸运地被黄石体委的乒乓教练相中，从此开始了我与乒乓球的缘分。这里我想我必须提到我的启蒙教练胡斌泉老师。他从湖北省原体工大队退役后到黄石体委工作，为黄石的乒乓梯队组建立下了汗马功劳。他现旅居新西兰，依旧为乒乓的国际交流贡献自己的力量。感谢他把我带进了神奇的乒乓世界！

　　当时的我，只知道乒乓球是在水泥台上蹦跶的球，很有趣的样子，却不知道原来它还有讲究的打法。带着好奇心，我和同学们开始了日常训练。

　　每天，父亲用他的老式自行车载着我去训练。球室里，球桌上，到处都有白色的小精灵朝我挥手致意。乒乒乓乓的声音击打着球台，仿佛是内心敲出的声响。脸庞的汗珠流淌，手中球拍紧握，眼睛瞪得溜圆，打球时的我生怕自己一用力把小精灵打疼了，还真舍不得呢！两个月过去了，三个月过去了……突然发现，一起练球的同学今天少一个，明天少两个，渐渐地都跑没影了，最后只剩下我一个。而我，也渐渐地有了动摇。毕竟每天放学去打两个小时的球，再加上路上来回的时间，回到家都晚上九点多了，还要赶作业，每天都搞得很晚，真的好累。有一次，天格外冷，我瑟缩着对父亲说："今天有点儿不舒服，不想去打球了。"父亲淡淡地说："可以，那你就不去了吧。今天不舒服不去，明天刮风下雨你也不去，那我们以后都别去了吧，好吗？"就这么一句话说得我眼泪都出来了，我默默地拿起球拍出门。从此以后，我再也不提不去打球这话，就这样日复一日地坚持了下来，整整七年。七年的训练记忆里，少不了的，是父亲的蛋炒饭和小店的水饺香，那是记忆里最美的味道。这也许也是我能坚持下来的动力之一吧，唯美食与球不可辜负。当然，坚持的另一动力就是每个月六块钱的训练津贴。虽然只是在比赛前的集中训练那几个月才有，但能在八岁多的时候领到我人生中的第一份工资，那种兴奋与自豪感是难以形容的。小小的我很是满足，训练也更是认真。

1987 年黄石成立了国家第一个乒乓球训练基地，在大型的国际乒乓赛事前，国家男女乒乓球队总会来黄石集训。那时候有我们一直仰慕的球星江嘉良、陈龙灿、焦志敏、邓亚萍、乔红等。因为我们在体委训练，近水楼台先得月吧，我们可以近距离地观摩和学习。那时的我立志要像他们一样，进国家队，代表国家参加世界比赛，拿冠军……可惜由于天分与机遇等诸多因素所限，最终没能走上专业的道路，不能不说是种遗憾。不过我不后悔。日复一日，年复一年地训练，虽然很枯燥，但也带给我很多欢乐和收获。

因为小时候经常出去参加比赛，我走遍了湖北大大小小的城市，也去过南京、上海等地，比起同龄的孩子，我算是见多识广的了。乒乓，让我开阔了眼界。

上大学时，因为球打得还可以，我当上了学校的乒协主席，在那里，我认识了我的妻子。不知不觉间，我们都已经过了不惑之年，却总是一起坐在电视机前看球赛，讨论某个球员。我出去跟球友打球时，她有空也会陪在一旁。乒乓，让我收获了爱情。

毕业后我到了南方，第一份工作也是跟乒乓有关。通过打球，我认识了不少爱球的伙伴，与他们结下了深厚的友谊。乒乓，让我收获了友谊。

更重要的是，球局的输输赢赢，磨炼了我的意志，让我学会了坚持。在我和球友尽情舞动球拍，将那小球或扣，或搓，或削，击出一道道美丽的弧线时，我感悟到的，是生命的意义和内涵。而我跟乒乓球的缘分，也将继续下去。

（作者系华业地产深圳公司营销经理）

三十年只做一件事

夏　娃

　　1981 年，我还是一个乒乓球白痴，不知道这个世界上有一个奇女子叫曹燕华，有一个智多星叫徐寅生，有一本刚刚创刊的杂志叫《乒乓世界》。

　　那时我是一个标准的文学＋文艺青年，在中学时代已经读过不少大部头的中外名著，在文艺队里拉二胡，自学民谣吉他，捧着《中外民歌二百首》学唱《莫斯科郊外的晚上》《山楂树》，开始听邓丽君的《小城故事》。

　　在我 17 岁的词典里，体育＝中国女排。

　　至今还记得 1981 年初冬的那个晚上（在网上查到确切的日子是 1981 年的 11 月 16 日），中国女排在世界杯决赛上与日本队争冠军，实况转播期间我几次出了家门，尽量远离宋世雄老师激昂解说的声音。那是我第一次体会"惊心动魄"这个成语，记住了袁伟民、郎平、孙晋芳、杨希、周晓兰这几个名字以及后来的"女排精神、振兴中华"这两句口号。

第二年我考上中国人民大学新闻系，多少跟中国女排首次夺得世界冠军有些关系，我不确定潜意识是否受了女排精神的鼓舞，但至少高考前的那几个月，我每天下午都在操场上跟几个男生打排球（吹牛了，其实就是围成一圈，双手垫球），然后神清气爽地回到已经安静的教室里温书。

我第二次不敢看比赛，那是2001年，我到《乒乓世界》编辑部刚好一年。为了显示"高风亮节"，我担任编辑部主任之后的第一次世界比赛派了陈洁去大阪采访（从1993年参访第42届世乒赛至今，那是我唯一一次没去世乒赛的现场，现在想来还真有点小后悔）。中韩男团半决赛，几个同事在编辑部一起看直播，当时是刘国正跟金泽洙的七个赛点，我没敢看。一个人在中国体育报业总社后楼的三层走廊里溜达来溜达去，从同事们不同情绪的尖叫声中判断刘国正是得分还是失分了。有一个回合打了特别久，我的心一下子拔凉：坏了，如果男团决赛都没进，他们可怎么回来啊！后来回看比赛录像，我发现挡板外的蔡指导，脸好像比平时大了一号，这就是所谓的"血脉贲张"吧？

那时候我已经跟队报道乒乓球15年了，已经懂得一些规律性的东西（感谢所有教练员的指点，从出台、下网开始解释；感谢我采访过的所有运动员，信任并愿意让我分享他们的喜怒哀乐；感谢《乒乓世界》的马光泓、袁大任等前辈，每个季度都提供一本补习教材一样的杂志），也明白了一些大道理，比如大包大揽未必是好事。但是事到如今就是不愿意他们输球，因为整天泡在球馆里，知道他们付出有多大，压力有多重。

最纠结的时候一般是单打决赛，中国队员自己争冠军，谁赢了都高兴，然后又替输的那个人心痛。如今我到《乒乓世界》工作已经18年，这种纠结不断升级，参赛人选之争的残酷性有时候甚至超过了冠军之争，我开始能够体会教练们的感受，世界上最难的事情也许并不是去跟敌人拼刺刀，而是必须在两个都爱、两个都棒的队员当中做出选择。这种纠结又会变成连环结，因为经常发愁下期介绍哪个外国选手，下下期的封面又推谁呢，老外也不给力。咱是《乒乓世界》，不是《中国乒乓》啊。

从新闻人的层面上评价，我觉得自己并不是一个优秀的记者和编辑，因为大部分时候我不能超然物外。只能说我还算是一个会讲故事的人，而且很幸运地被中国乒乓球这个大家庭中的老老少少所接纳，而我的工种就是写日记，记录这个家的大事小情，用眼睛去发现每一个家庭成员身上最可贵的品质，用真心体会他们最真挚的感情。我十分愿意传递这些美好的东西，因为我从中也得到了温暖和力量。我还希望自己也能像他们那样，坚强，向上，有韧劲，每一天做的事情，都是为了让自己变得更好。

正是因为这种感受，才有了"有一个家叫《乒乓世界》"的杂志定位。

年过半百之后，偶尔我也会梳理一下自己的青葱岁月和曾经的美好年华，好像所有深刻的记忆都是跟乒乓球有关的。也是，大学毕业30多年来我一直在做一件事，而且只做这一件事，就是见证和记录"国球"的辉煌和守业的不易，陪伴一代代运动员在磨砺中成长为世界冠军。我所有记忆深刻的事和人，几乎都是跟乒乓球有关的。比如，悉尼奥运会乒乓球决赛的那几天，我每天都是捧着获奖者的鲜花回驻地，走在街上总有人问我：你赢了什么？再比如刚有微博那会儿赶上我过生日，一帮世界冠军在微博上祝我生日快乐，当时还是男队主教练的刘国梁发了一条："队姐生日快乐！"从此我多了一个"队姐"的称呼。

后来我还多次见过那批老女排队员。作为香港中联办文体部副部长，每次世界比赛陈亚琼都随香港乒总会长余润兴夫妇一起出现；几次在国家乒乓球队训练馆里举办名人赛，我都能看见陈招娣在场上打球，脸红扑扑的；跟郎平的交集是在体坛风云人物颁奖典礼上，选举2015年的最佳教练员，我的票投了刘国梁，最后是郎平当选了，清一色晚礼服出席颁奖典礼的女排姑娘们那天晚上美极了。

现在去上海出差的时候我一定会带着球拍。自从我2008年4月中旬开始学打乒乓球以来，我们很少去钱柜听曹燕华唱邓丽君、我唱梅艳芳了，一有空就跑到上海静安体育中心的曹燕华俱乐部里学球。我的闺蜜、20世纪80年代的乒坛女皇曹燕华在旁边提醒我最多的不是技术动作，而是"把牙放回嘴里去"。

刚学打球的时候，我还向《乒乓世界》总编辑徐寅生下了战书，等他80岁的时候，我要向他挑战。现在他老人家已经到80岁了，他发的球，我经常连球皮都碰不着。

（作者系《乒乓世界》杂志主编）

有幸与乒乓结缘

徐子建

1959年，容国团拿到了第25届世界乒乓球锦标赛单打冠军，社会掀起乒乓球热，我也着魔一样迷上乒乓球。

1959年国家队都在工人体育场训练，我住在旁边，常去看他们训练。最负盛名的当然是容国团，话不多，人也瘦，看得出是个自信心强、内心细腻的人；最具实力的人可能是徐寅生，与匈牙利队比赛时，长拉短吊，战胜了别尔切克与西多，举重若轻；老冠军姜永宁沉默寡言，他给队员展示直板削球技术时，脸上隐隐看到一点得意的表情。削球一把手王志良，1963年偶然有一次机会，他要和我计分，虽让我10分，我还是输了。1961年，庄则栋已成为绝对主力，教练是傅其芳。多年后得知，贺龙元帅曾为了让傅其芳从香港返回内地，经济上也帮助解决了一些困难，毕竟人才难得。

我和几个小球友常跑到附近单位打球。中纺里院内破旧板房有一破球台，我们冬天用棉布套罩住抓板的两个手指在那里打球。可惜，后来一次大火，板房和球台都付之一炬。

1960年春，同住纺织部大院的李少华告诉我市少年宫招生，我和胡昌汉、李元珍去应试，都被录取了。体校名气大，庄则栋等很多知名选手都出自这里。进体校不到半年，庄成芳辅导员就让我和李少华、麻瑞生成为团体主力，实力强的老队员都走了，一时间山中无老虎，猴子称大王。

20世纪50年代，国内爱好者用回力鞋底的海绵打球。第26届世乒赛前，红双喜球拍上市，每只5元，特别想买又没钱，我拿一斤粮票与东四俱乐部一球友换了一只。那是饥饿年代，少一斤粮票，我宁愿饿一天肚子。不久后事情让学校知道，班主任批评说，这是破坏国家粮食政策。

1961年4月，第26届世界乒乓球锦标赛在北京举行，白天票便宜，我看了几次。第一次看到那么大的国际体育赛事，那么多的外国选手，特别引人瞩目的是身穿黑衣的日本队员，夺冠呼声最高。决赛是花5分钱在朝阳工人俱乐部看的电视转播，庄则栋直取两分，徐寅生的十二大板，容国团拿下决胜盘，中国队获得了男子单打、女子单打和男子团体三项冠军，全国人民沉浸在狂欢之中。

1961 年我参加工作，年底的中小企业乒乓球赛，在工人体育场进行，我拿了冠军。按规定，区体委批准我为二级运动员。第二年进了北京职工体校，1964 年在工人体育馆，体校以北京工人队的名义与北京青年队比赛，我胜了北京队一名拉弧圈的运动员，体育馆的七省市青年队联赛时，我连输了好几盘，赢了一盘。

市体委每年举办一次春节擂台赛，连胜三个擂主便成为这一级别的运动员。我和李少华是二级最后把关的三擂主，守三擂两年没输过球。1964 年的比赛在东城体校举办，胡昌汉要去保定二预校当兵了，从大年三十到正月初三，我每天陪胡昌汉练球。我们俩是同院的发小，最终胡昌汉在比赛中连过两关后，三擂主李少华让球，离京前他拿到了二级证书。国庆时，二预校和保定市队比赛，胡昌汉让我作为二预校的学员参赛，拿了两分，照了张戴大檐帽、穿军装的照片。预校政委让胡昌汉问我愿不愿意当兵，这时我在单位学习与练球条件都不错，便推辞了。

我练球虽进步快，但毕竟起步晚，与北京市业余顶尖选手始终有差距。1965 年秋，在朝阳工人俱乐部的一场比赛中，我输给了北京少年队一个小队员。这是一个转折，我感觉应重新选择，便决定专心技术学习了。此后又是"文革"，乒乓球便彻底放下了。

1995 年，我查出糖尿病，血压也有点高，这是我下海十年，过度劳累付出的代价。2002年4月，我再次拿起球拍，二三十年没打球了。前几年也试着打了20分钟，从球室出来时脸都绿了。

厂里库房改建了一个6米×12米的球室，写了"强健体魄、陶冶性情"几个大字。老教练张万金送给我一块球拍，第26届世锦赛王健曾用它夺得女单第三名。

起初我只打30分钟，逐渐加长到两小时。盛夏酷热，赤膊条条，挥汗如雨。打完球，冲个澡，和发小的球友们喝着冰镇啤酒，云山雾罩地聊一阵。医书上说，运动30分钟后，身体中内啡肽分泌，这是一种"快乐荷尔蒙"，使人轻松愉快。

年轻时的球友有的成了资深教练，电话中给我讲解新的技术，这些年学球的笔记本用了三个，投入不少精力。两年后球技有了进步，我和邮局俱乐部的韩志成、周彦龄组成长城乒乓球队，参加中国乒协组织的全国比赛。老韩是国家队的108将之一，削球打法，多年不练，功力仍是深厚。老周个头不高，手感好，发球刁，三次拿下北京老年冠军。头赛是在洛阳，我们获得60岁团体亚军，我和老周也被评为业余运动健将。参赛多年，我的单打最好成绩是两次获得全国比赛60岁组单打第五，一次是在安阳，另一次是在大同。那几年练得辛苦，人像是得了慢性疲劳综合征，总觉得累，免疫力也差了。

2010 年，我牵头组织北京市中老年球友联谊会，每月一次中老年比赛，每年两次大型比赛，这是北京唯一不收报名费的赛事。那几年，我对乒乓摄影有兴趣，为球友拍了上千张照片，北京不少球友的微信头像都用了我拍的照片。外地球友也认识了不少，外出不忘锻炼身体，带着球拍走天下，到哪儿都能交到朋友。

2015 年 4 月体检，我心脏主血管查出了毛病，情绪低落。但两位大专家都认定，由于侧支血管供血充分，肯定没有心梗的危险。为什么侧支供血充足？就是因为 13 年的乒乓球运动。

作为康复治疗的手段，这球还得打，只是改打长胶，意在降低运动强度。在网上看了周昕彤的比赛录像，通过朋友介绍，小周老师亲自讲解示范。但这种打法强度也不低，今年我又改回 TSP 生胶。

乒乓运动是有氧运动与无氧运动的结合，怎样使打球变成单一的有氧运动，更适合老年人锻炼呢？我的方法是"快攻慢打"，打完一局看一下监测心率的手表，休息十几秒，比分是 6 的倍数时，擦擦汗。捡球也不必匆忙，连续几板扣杀后，可以做点深呼吸。医书上说：每分钟心跳 120 次以上是"厌氧阈值区域"，不再是有氧运动了。打乒乓球出事的老人虽然极少，但还是要做好预防工作。球是争取每天打，但每次都不过量，不再重视胜负。总之，遵医嘱是很重要的。我每半年做一次体检，指标都不错。以前打球喘大气，现在打球呼吸平稳，这改变太大了。

2015年1月4日晚，儿子为我办了70岁寿宴，来了很多老球友。这是一次感恩会，球友之间友谊最真诚。政治运动的厄运轮到你头上时，世态炎凉，门庭冷落，这时候球友会偷偷地来看你，就着一盘猪头肉，闷上几两二锅头，"与尔同销万古愁"；下海初期，私下办厂，面临被查处的风险，铁杆球友会把技术资料藏在他家中；白手起家创业，球友带你去淘购最廉价的废旧设备。

现在住的房子，大客厅改成球室，打球自然方便。我对老伴说："乒乓球要打到打不动为止，这球台也许能多给我十几年的寿命。"

（作者系北京鲜花盛开影业公司董事长）

柳暗花明乒乓路

徐愿愿

　　送女儿去海淀体校上乒乓球课的时候，偶尔会想起儿时父母带我到这里学习乒乓球的时光。30多年时光若白驹过隙，父亲的爱好，在第三代人身上延续着。

　　5岁那年，同龄的小伙伴还在父母怀里撒娇要糖吃的时候，父亲把我带到了西城区业余体校学习乒乓球。那会儿我人小个矮，脚底下踩着增高板胳膊才能勉强高过球台，就在这一平方米多的增高板上，我挥拍击球，推挡移步，开始了和乒乓球的缘分，相伴走过少儿时光，也注定要一生相随。

　　那时，我不会想到，我的启蒙教练李隼日后成了我们国家三代女乒大魔王之父；我不会想到，曾经年龄相仿的张怡宁、郭焱、李佳薇等"队友"们日后会成为搅动世界乒坛的风云人物；当然，我也不会想到，儿时被动学习的乒乓球，成了我的一生至爱。

初学乒乓球那年我正读幼儿园大班，每周都有固定几天要到西城区体校练习乒乓球。幼儿园距离练球的地方比较远，父亲常常带我乘公交车过去。看到别的小朋友在外面玩耍，而我却要长途跋涉去练球，心里难免不平衡，父亲担心我练球分心，坚持跟我一起去练习。

在西城区体校练了两年之后，教练李隼进入北京队任教，随着他的离开，我们的班级解散了。后来一位教练重新组班，但不久也因为调离又解散了。无奈之下，我转到了海淀区体校继续乒乓球学习。为了方便练球，已经从海淀区翠微小学转学到西城区上学的我，又不得不转学回到了海淀区入读万泉河小学。进入海淀体校后我的球技也有了很大提升，1991年首次代表海淀区参赛就拿到了北京市单打第三名，之后又多次斩获市、区比赛前三名。我的优异表现引起了什刹海体校教练的关注，1993年我被什刹海体校选中，转入这个被称作"冠军摇篮"的专业学校，而此时，为了离体校近点我再次转学到北海小学读六年级。整个小学时期，我换了四个学校，就为了节约路程时间集中精力练球。

进入什刹海体校后就算是半专业队了，这里云集了全北京市最优秀的孩子。张怡宁、郭焱和李佳薇也成了我的队友，不仅如此，我们也是北海小学的同班同学，那时候一切都为乒乓球让路，家长们也都用心良苦。

225

我被选入北京队时刚好读初一。这个时期，我一路拿了不少北京市的成绩，最好成绩是全市同年龄组的单打和双打冠军。这时候，我对乒乓球的理解也日渐深入，全身心地投入训练，每天重复着宿舍、训练馆、教室三点一线枯燥又乏味的生活，没有寒暑假、没有节假日，苦没少吃，汗没少流。有一天我的启蒙恩师李隼教练找到我父亲，说现在全国跟我年龄相近的这几批孩子竞争非常残酷而激烈，跟我打同年龄组的马琳、刘国正等都已经开始在国家队训练了，而相比他们我的身高、力量都不占优势，如果继续走专业道路很难出头。我听完心里难受，这意味着我需要在乒乓球和文化课学习之间做出一个抉择了。

在几乎决定放弃打球的时候，命运又向我抛来第三个选择。20世纪90年代初，或许是受到奥运冠军陈静等中国大陆优秀运动员加入的影响，台湾地区掀起了一股乒乓热潮，大肆招兵买马，吸引大陆运动员加入，而这时有个教练介绍我去台湾打球，提供的待遇在当时来看已经算非常丰厚，月薪2500美元。为了继续乒乓球梦想，我决定试试看。然而，就在我拿到了邀请函，办妥了赴台的一切手续，临出发的最后一刻，父亲还是让我放弃了。他和我商量，还是专心求学吧。

就这样，我开始转型，从乒乓球台坐到了课桌前。认准了读书这个目标后，我把打球时候的拼劲全部用到了学习上。其实，从小学到中学，我一路就读的都是北京市的优秀学校，由于练球耽误了不少学习时间，我的文化课学习进度要慢一些，但在这时，乒乓球成了我的撒手锏，为我敲开了北京市重点中学的大门。

初中升高中时，我在人大附中的乒乓球测试中得了第一名，文化课成绩也过了录取线，顺利进入人大附中学习。得益于学校优秀的教学和良好的学习氛围，我每天一门心思就是学习，终于功夫不负有心人，我的学习成绩开始有了明显起色。

高三时候，家里给我买了辆摩托车，从下半学期开始，我就自己骑着摩托车到北京市各大高校参加体育特长生招生考试。其间陆续获得了北京工业大学和北京理工大学专业测试第一名，但作为文科生我的理想目标是北京大学和中国人民大学，而这两所大学的测试时间要晚一些。

终于等到了北大的测试时间，经过从小组赛到淘汰赛的多场厮杀，我顺利进了前四名，但决赛时由于我的心理出现了波动，影响了发挥，遗憾地输给了另一名外地选手。不巧那年北大在全国只招一名乒乓球特长生，就这样我和北大失之交臂。人大那年招录两名乒乓球特长生，我一路过关斩将最终夺得第一名，和人大顺利签了预录取协议。就这样，在高考前三个月，我就已经手握录取协议，加上文化课成绩也赶上来了，因此并没有其他同学那种紧张备考的压力。最终我高考取得了500多分的成绩，超出人大的分数线，顺利入学。

如果说从小学到高中，乒乓球都成为我入学敲门砖，那么自进入大学以后，我把人生重心彻底调整到了文化课学习和个人能力的提升上，不再把乒乓球当作求学路上的助推器。

大学毕业时，也曾有很多不错的单位看中了我的乒乓球背景，邀请我去工作。但那时候我从心底觉得，不能把新闻专业知识学以致用有些遗憾。最终，我靠着人大新闻专业毕业生的身份来到《计算机世界》工作，迈入职场。此后，我扎根互联网行业，一步一步脚踏实地证明了自己的实力。

就像现在很多人喜欢网络游戏，热爱游泳、跑步一样，乒乓球是我工作生活外最大的乐趣。工作之余，我常报名参加社会各界组织的乒乓球比赛，周末拎起球拍来一次说走就走的比赛。有着十几年专业训练的基础，在外面参赛我常常"贼不走空"，几乎都能拿到名次，在同年龄段里也算是小有名气。在2017年北京市"乒协杯"比赛中，我获得了35—49岁组的单打冠军。这些专业比赛是对我平时打球的集中检验，从小被培养出来的竞争意识已经深入到骨子里，我依然享受竞技体育中比分从胶着上升到最终取胜的乐趣。

回首我的乒乓球之路，可谓山重水复却终究柳暗花明，放弃乒乓球曾让我一度难以接受，但现在看来，及早转型让我重新定位了人生方向，走下竞技体育的独木桥，却打开了更加广阔的人生，乒乓球也依然伴我左右，其乐融融。

（作者系连尚网络公共事务部总监）

为祖国乒乓球教育奋斗终生

高　翔

　　"少年强则中国强，体育强则中国强"。这简短的十四个字，透出了几代中国人对于国民身体素质和举国体育荣誉的希望。乒乓球自20世纪容国团为中国拿下第一个乒乓球世界冠军后，上至国家领导人以乒乓球作为外交媒介，更在全国范围内掀起了持续至今的乒乓球全民热，老少妇孺皆可以在球台上挥舞两下。

　　乒乓球作为众多可以提供少儿体育培训的项目之一，益处也是显而易见的：预防近视、协调全身、运动量适中、适合作为终身体育项目。每个孩子就像是家庭的小天使，在成长过程中受到百般呵护，在全国教育中心的首都，家长们更是重视孩子们的起点的全面起步。

　　我从事乒乓球业余训练工作已经有好多年了，带出了北京市最具凝聚力的团队。团队代表海淀体校获得了北京市乒乓球各类比赛的大多数成绩，可以说，北京市乒乓球项目 80% 左右的奖项都被海淀体校收入囊中。能够取得不凡的成绩，自然要在训练和教学中投入千百倍的心血，在日积月累训练中形成的球感、手法、步法，结合反应力、爆发力，最终在赛场上，决胜于分秒、分毫之间。

说起乒乓球的训练和学习，不得不从最初的启蒙和基本功说起，其中，步法训练是非常重要的，比赛中如果步法好，就意味着已经赢了一半儿了。运动员的步法，决定了整个身躯在实战中的击球点、重心等重要因素。

然而在传统的乒乓球教学中，步法训练是非常枯燥的，这种由教练员强加给运动员的训练方式，不但效果不佳，而且会极大地降低运动员在训练中的兴趣和积极性。因此，如何开展步法训练，尤其是青少年儿童零基础的乒乓球启蒙教学，如何能够带动学员的兴趣，使之在训练中实现快乐的迅速进步，则成为体育训练学中的一个研究命题。

我在长期的日常训练中，不断摸索乒乓球教学的新思路，终于研究出一套全新的教学方法——乒乓操。这种方法的呈现形式是通过音乐与乒乓球基本功技能的结合，贯穿节奏感、步法、体能这三大训练内容，给乒乓球的基本功训练加入了动感时尚的元素，有效提升了训练的趣味性。通过对于这一方法中步法的实践和研究，很明显发现：30 分钟的步法训练时长，是最合理有效的节点，运动员不会感到枯燥和疲劳，在训练步法的同时也实现了体能的强化。通过近几年的实践，海淀体校所有乒乓球运动员的步法，成为北京市乒乓球界最优秀的典范。

乒乓操这一全新的训练方法，能够让零基础的青少年儿童快速上手，迅速进步。在趣味启蒙的引导中贯穿乒乓球项目的所有基本功内容。通过乒乓操的动作编排，融会贯通步法训练中的并步、侧滑步、交叉步，手法动作中的正手两点，反手两点，摆速，以及基本功中的托球、掂球、推侧等技术要点。配合时尚动感的音乐元素，在青春洋溢的节奏感中实现学员基本功技能、身体协调性、体能的全面达标。此外，作为乒乓球团队的整体形象展示，乒乓操能够在整齐划一的演练环境中，给予观者强大的震撼力和心灵触动，达到统一、团结、有力的整体形象效果。

这一全新的训练方法相继被推广到全国的很多城市，作为一个重要环节设置在各地的日常训练中。从青少年体育启蒙的角度出发，乒乓操的研发，对于其他体育项目有着很多借鉴参考意义，真正从启蒙期实现"少年强，则体育强、中国强"。

投身祖国的乒乓球教学事业是我的荣幸。祝愿祖国繁荣昌盛，运动健儿勇攀高峰。

（作者系北京市乒乓球业余训练教研组组长）

我与国球

唐 杰

　　我们这一代人，从小听乒乓球比赛长大。现在已经想不起来，第一次看乒乓球比赛的时间了，只记得从小是在收音机里听乒乓球比赛实况的。到现在都记得最激动人心的，是徐寅生十几大板的解说。那时也真不知道庄则栋是怎么打球的，小伙伴们在一起却可以津津乐道地谈论，中国三连冠第一人是如何两面攻的，也还记得徐寅生谈乒乓球辩证法的文章。乒乓球在我们这一代中国人心里具有神圣的地位，容国团、庄则栋、徐寅生、李富荣以及更多的后来者都是心中的偶像，是国家英雄。祖国荣誉高于一切，努力拼搏，为国争光是国球对那一代中国人最直接的激励。很久以后，中国女排三连冠，中国女排精神树立起一座新丰碑，再后来李娜成为新的偶像。

岁月荏苒，时光流逝，中国人对国球的执着和热爱并没有改变，尽管少了些许神圣感，但是中国队天下第一，无论男队还是女队胜了正常、输了不正常的观念依然是那么普遍，依然是那么坚定。国球之神圣地位看起来丝毫没有改变。

在中国，没摸过乒乓球拍的人概率不高，没在电视上看过乒乓球比赛的人应当也不多，不过真正打过乒乓球的人比率应该不算高，尽管绝对数会有几千万人。我曾经以为自己是打过而且会打乒乓球的人，并且一直都以为自己会打。有一次碰巧与一个老同学面对一张乒乓球台相互吹嘘自己会打乒乓球，于是两人就去挥拍一试。这时，我学乒乓球有十多年了，他不过是我十年前的水平，但他很郑重其事地说，看，看，我是会打乒乓球的！哈哈。

我是 2005 年开始学习乒乓球的。真的没想到，我的乒乓球学习是从学习呼吸开始的。初学乒乓球时，没打上几分钟就上气不接下气，气喘吁吁的，真好像比跑个千米还累。看着我的几位老师，周庆、王鑫、小杨、小樊打上个把小时也无疲态，真觉得实在是太不可思议了。隔了很久，当呼吸能跟上球的节奏时，感受到的就是舒张有序，收放自如的潇洒和不知疲倦。

乒乓球运动首先是一个肌肉记忆运动。初学时，看高手练球，小小银球在球台两边飞舞上百个回合，球与球板清脆的充满韵律的撞击声、转换身体位置时球鞋与地板的摩擦声，感觉真的是美极了。对于初学者就绝对没有美妙可言，混乱的节奏和三五个回合是最常见的了。去问老师时，答复差不多是一样，我们当年学球时老师的要求是一千个回合不落地。落地如何？加课，打到一千个回合不落地为止。能够打到一千个回合不落地的唯一诀窍是动作不能变形。问：当时多大？答：专业训练从五岁开始。一千个回合是最基本的基本功。当时胳膊都练肿了。十多年过去了，如今的我依然充满羡慕地欣赏和梦想着千次回合。其实关键就是击球、动作还原、再击球，这三个分解动作一气呵成的连贯，就是时刻准备着的半蹲，以腿部为支撑，以腰部为轴，带动小臂的击球运动。初学者或是非专业选手最典型的动作就是挥大臂，以为这样做才有力量，殊不知，乒乓球的力量是含蓄的瞬间爆发的协同性的力量。在理论上，这是一门运动力学，在精神上是坚强意志的体验，在实践中是重复训练形成的肌肉记忆过程，是成功源自勤奋最好的诠释。

乒乓球运动是一项技术极其细腻、精确度极高的运动。旋转与速度，近台与远台，节奏与落点，现代乒乓球技术中台内挑打和台前拧拉，以及最著名的直拍横打技术，令人眼花缭乱、应接不暇，所有这一切又都基于一项最基础的技术——握拍。我学习乒乓球十多年，进步不大，总结起来，一是真的不够刻苦，第二嘛就是不相信万里之行始于足下。自以为是会打乒乓球的，很长时间都不情愿去改变持拍方式，而且偏偏又选择了持拍难度最高的直拍方式。现在每每想起来都觉得好笑，中国有句谚语——"人要实，火要虚"，用在持拍动作上再合适不过了。现在知道了，谁是好老师指导过的，谁没经过基本的训练，一看握拍就知道。把球拍握着紧紧的，五个手指牢牢地抓住球拍的，一定是不会打球的。最典型的就是食指与拇指死死地卡住球拍正面，余下三指用力顶住球拍的背面，由此把球拍固定在手上，球拍的角度是固定的。一般人会以为只有如此，击球力量才会大，击球的准确性才会高，结果自然是大错特错。球速有快有慢，旋转有强有弱，落点有远有近，就是训练初期高手"喂球"尽最大努力保持了落点、节奏与力量的一致，面对来球也需要在步伐和姿势还原的同时，能调整球拍的角度。死死抓住球拍的结果就是不能调整角度，就必须握拍要虚，食指钩住，拇指轻按，其余三指在背面自然弯曲于球拍背面，中指第一指节微微顶住拍背，手心为空。

凡事知易行难。乒乓球可能要加上"更"字。从实到虚的握拍转换，一不要说时间有多长，只说一开始拍子会飞出去，坚持时手指会磨破，手腕会打肿了，改变一个错误的习惯真的是太难了。台内挑打是直拍选手标志性技术，曾经是使横握球拍选手望洋兴叹的最大优势。虚握球拍，跨上一步，伸手将拍子切入来球的下部，拇指改变球拍角度，拧腕摆动小臂的连贯动作，就可以完成从被动防守到进攻的转换。直到今天，我只能在特别偶然情况下碰巧挑打一下，看到对方错愕的表情，心里别提有多高兴了。

我有一个最为得意的经历。当年颈椎增生发作引发右臂不能动，医嘱六至十个月不能运动。那时是刚刚学球不久，真的是忍耐不住就学习左手打球。因为是从零开始学握拍，真没想到可以挑打，可以直板横打。一时间传为佳话，被称为右手直拍中左手最好的选手，哈哈。颈椎伤痛好了以后，还是用右手打球更习惯，左右手打球的优势没能坚持下来。真的是好可惜。

乒乓球运动是一项高智慧的运动。乒乓球运动讲究动作的协调，需要全身各部位的结合，从脚部到腿部再到腰部经肩到臂到腕再到指，一连串的技术合起来就是极其复杂的技战术的组合。一个乒乓球业余高手需要有恒心、毅力，需要日积月累、循序渐进，更需要根据自己的技术特点形成不同的技战术组合。其中最重要的是，能够不断地发现对手弱点，发现自己如何采取不同的策略，放大自己的优势，加重对方的弱势。我自知朋友们、老师们在认真地让球，在很长的时间里都很不好意思开球打比赛。我的好朋友郑律师，是深港澳律师界著名高手，和专业运动员打比赛都是信心满满。我们在

237

一起打球，五局三胜，我居然可以赢两三局！只有一个不太让球的陶老师，曾经连续十几局被她打得零分，最多一两分。那个时候真的是有心理障碍，不愿意开球打比赛。周王杨樊四大导师的谆谆教导是：不开球，不打比赛，就永远不可能发现对手弱点，就永远不会选择技战术，就只是体力劳动，而不会有智慧。在循循善诱之下，鼓起勇气上场，打得多了，就会知道在被动中寻找对方弱点，运用变化打乱对方的节奏，用自信心来影响对方自信。很不好意思，又很得意地造成陶老师的误判与失误，从零分开始到五六分，甚至是可以赢上一局，在几尺球台的方寸之间磨炼心智，从容镇定，斗智斗勇，敢于挑战，勇于面对挫折，乐在其中。这是乒乓球予以我们永恒的纪念。

我爱国球，与国球缘定终生。

（作者系深圳市原副市长）

一枚世界乒乓球冠军
签名的珍贵首日封

黄　健

　　我有一枚十分珍贵的首日封，这个首日封上有中国的世界乒乓球男子冠军庄则栋、徐寅生、张燮林、梁戈亮、郗恩庭、郭跃华、谢赛克、陆元盛、陈新华和世界乒乓球女子冠军林慧卿、郑敏之、梁丽珍、郑怀颖、焦志敏、童玲、林美群、曹燕华等的亲笔签名。这个珍贵的首日封是世界乒乓球冠军、第31届世界乒乓球锦标赛中国男团主力队员、广西籍运动员梁戈亮送给我的。首日封由中国邮政总公司为在江苏苏州举办的2004年世界乒乓球名人邀请赛发行。这个珍贵的首日封引起我对中国乒乓球运动的点点滴滴的往事回忆。

　　我从小学时候起就喜欢打乒乓球。在20世纪60年代的中国，拥有一副乒乓球拍和球网即是一种很奢侈或有钱的象征，有一副红双喜球拍的人更是令人羡慕。记得小时候，每天下午放学之后第一件事就是在学校的体育室里排队打球比赛。那时因为球桌少、学生多，只能靠打赢了坐庄可以继续打，直至打输了才下来。那时候我开始集邮，得到了一套极为珍贵的邮票。1961年，为祝贺庄则栋、徐寅生、李富荣、张燮林和林慧卿、郑敏之等中国乒乓球运动员在第26届世界乒乓球锦标赛上第一次获得了男女团体冠军和男女单打冠军，中华人民共和国邮电部发行了极为精致的纪念邮票，绿色的底，套有黄金色的边框，衬着中国运动员身穿大红色的运动装，配着在球台上打球的姿势，邮票设计清晰、活泼、大方、华贵。在第26届世界乒乓球锦标赛上，中国队第一次改写日本称霸世界乒坛的历史，从此中国乒乓球队走上了长盛不衰的道路。中国乒乓球男女运动员在第26届世界乒乓球锦标赛上第一次双双夺冠，极大地震撼了世界乒坛，增强了中华民族的自信心和自豪感。至今这套纪念邮票还珍藏在我的邮册里。

从那时起中国的世界乒乓球冠军是我心中的丰碑和偶像，伴随着我的成长。随着年龄的增长和岁月的流逝，我参加工作后，乒乓球运动一直是我的业余体育活动的主要项目。我打的横拍729型反胶球拍，这是接近专业的标准球拍，是我的启蒙教练——20世纪70年代广西的乒乓球冠军、现任广西体育局的乒乓球教练帮我选的。在往后的日子里，我曾有机会先后与3位中国世界冠军直接接触，向他们请教乒乓球技术，学习乒乓球运动的历史。

2001 年我认识了第一名中国世界乒乓球冠军——谢赛克，这时谢赛克刚刚离开法国的一家乒乓球俱乐部回到家乡任广西队主教练。我与谢赛克是广西柳州的同乡，在广西体工大队的乒乓球训练馆见到他时，他热情地邀请我和他打了几场比赛，每场比赛我只能赢 1 至 2 个球，谢赛克威震世界的魔鬼式发球，由于旋转、力量和变斜线，我几乎是未能接到一个球。我真正感受到乒乓球冠军的威力。我与谢赛克打球和交流时讲的是家乡话，自然要亲切和方便得多。在谢赛克的指导下，我对乒乓球技术的认识和实践的比赛技术有了很大提高。

2002 年，我在中央党校学习一年，其间正好遇上在中央党校省部级干部进修班的国家体育总局副局长，第 26、27 和 28 届世界乒乓球锦标赛中国队主力队员，前乒乓球世界冠军李富荣。李富荣住在 18 楼，我住在 24 楼，几层楼之隔，课余我曾多次到李富荣的宿舍，李富荣很善于言谈，表达清晰，他深情地回顾了中国乒乓球发展历史和世界乒乓球的技术进步，同时还就中国乒乓球运动的发展趋势作了深入的阐述。临别时，李富荣还送给我一只乒乓球拍，上面签了他的名字，之后我曾经写过一篇关于李富荣的人物访谈，发表在《女性天地》杂志上。

2007 年 11 月，我到广西玉林参加玉林建市十周年暨广西第十一届运动会开幕式期间，梁戈亮作为特邀贵宾回到老家玉林，经我的乒乓球教练介绍，在玉林我第一次见到了35年前就听说过的世界冠军梁戈亮。他一年前从德国慕尼黑乒乓球俱乐部回国，在北京大学医学部当体育教师。那天中午在玉林一起会面时，梁戈亮与他的夫人一起谈起了他的乒乓球岁月和难忘的往事。这次会面还有梁戈亮的启蒙老师——国家队教练曾传强老师，我们一边吃饭一边聊天，彼此非常高兴。曾传强教练说，1971年，中国"文化大革命"还未结束，已经6年没有出国参加世界乒乓球赛的中国运动员，出征日本名古屋参加第31届世界乒乓球锦标赛。当时的世界乒乓球技术已经发生了根本性的变化，中国的媒体对在名古屋举行的第31届世乒赛作了大量的报道，引人注目的是除了第26届至28届的老运动员外，名不见经传的新秀——广西籍运动员梁戈亮——赫然出现在名单之中。更让人注目的是，在中国与日本对峙的男子团体比赛中，梁戈亮击败当时的第一号种子选手——世界冠军伊藤繁雄，奠定了中国队夺取男子团体冠军的基础，从而使国人对乒乓球新星梁戈亮开始关注。此次会面期间，梁戈亮把这枚印刷精美、设计独特，有20多位世界冠军签名的世界乒乓球名人邀请赛的首日封送给我，并一起合影留念，我感到十分高兴。

凝视着这枚有中国的世界乒乓球冠军签名的首日封，我想起乒乓球运动员是中国在国际体坛上走上世界体坛强国的开拓者和先驱者。中华人民共和国的第一个世界体育冠军，是 1959 年容国团单打突破的；最令人兴奋的是 1961 年，在第 26 届世界乒乓球锦标赛上，中国队击败称雄乒坛的日本队，第一次夺得乒乓球男子和女子团体冠军。40 年后的今天，我得到了第 26 届的男团主力队员庄则栋、徐寅生、李富荣、张燮林和女团主力队员林慧卿、郑敏之等世界冠军亲笔签名首日封，感到特别珍贵，有着特殊的意义。

每当我打开邮册，看见这枚珍贵的首日封，看到这些冠军的签名，就会不由自主地想起冠军们在球场上比赛搏杀的精彩情景，身穿红色运动衣、英姿勃勃的中国队运动员，站在比赛场中的领奖台上被授予冠军奖牌，在雄壮国歌声的伴随下鲜艳的五星红旗冉冉升起的情景就会出现在我的眼前，此时此刻，全世界的华人对此感到幸福、骄傲和欣慰，为之动容。

正是这些中国的乒坛冠军，打开了中国走向世界的通道，建起了友谊的桥梁，是他们用小球推动了大球，改善了中美关系，是他们用顽强拼搏的精神鼓励着一代又一代的中国乒坛球员孜孜不倦地追寻、推动和发展乒乓球运动，使乒乓球深入亿万中国人的心中，成为中华民族的国球。中国乒乓球的冠军运动员把经典的技术、坚韧的毅力、顽强的作风和高超的水平，一代又一代地默默传承，使之在世界乒坛上长盛不衰，得到了国际上的广泛好评和密切关注。曾记得，小小乒乓球的胜利，周恩来等党和国家领导人会亲自设宴款待运动员，亿万中国人民会禁不住欢呼雀跃。小小乒乓球无时无处不牵动着中国人的心，在世界体育史上，中国的乒乓球是最让国人值得骄傲和值得称赞的，因为不仅是在这个项目上中国人可以傲视群雄、长期"称霸"屹立于巅峰，更因为大多数中国人都热衷和钟情于乒乓球运动。乒乓球是全民普及率最高的运动项目，也是中国人最喜爱观看的运动项目，从繁华城市到偏僻乡村，从少年儿童到成人妇女，无处不见乒乓球运动。

这枚珍贵的首日封，是中国乒乓球队40多年来在世界冠军道路上群星闪耀的见证，是几代乒乓球运动员一次历史性聚会的见证，凝视着这个具有特殊意义的世界冠军签名首日封，我会重拾起中国乒乓球运动的思绪，体育竞赛是一个民族复兴的重要标志，体育成绩是一个民族综合实力的集中反映，体育作为增进与各国人民的友谊、改善国家之间关系、推动国际政治与经济和平发展的桥梁，具有不可取代的重大作用。

这枚珍贵的首日封，是中国乒乓球世界冠军走上高峰的真实写照，是中华民族屹立于世界体育强国之林的一段缩影，是中华民族体育强盛的一张名片，是中华人民共和国社会进步发展和经济繁荣昌盛的最好见证。

（作者系广西新闻出版局原党组副书记、副局长）

一路乒乓助人生

章必功

我 10 岁爱上乒乓球。那一年，1959 年，正上小学五年级，容国团荣获世界冠军。我的小学，安徽铜陵兴隆镇红光小学，乒乓球一夜火热。

流星牌友情

小学搞来一张乒乓桌，放在走廊里，排队打下台，自带球拍自带球。我的第一块球拍，是块光板，3 角 5 分钱。霸台的老师姓胡，女老师，看我个头小，左一个右一个，逗得我两边跑。她说，跑得挺快，打得不错。同学说，光板不行，要打海绵拍。海绵拍贵，至少 1 块钱，那时候，5 分钱可以对付一顿早餐，一块钱就是大钱了。我灵机一动，与我家近邻女生小陶子，钻进冶炼厂捡废铜，卖给收废品的，总计 1 块多，转身跑进百货公

245

司，买了一只流星牌正胶直板。这块球拍，一半是小陶子的赞助。不久，两家先后搬家，彼此无音讯。流星牌友情却始终牢记。

打入大人圈

1961年秋季，我小学毕业上初中，放学，到处找球打。兴隆镇打球最好的场地是冶炼厂工人俱乐部。按规矩，谢绝小孩。我有一个同学叫黄卫国，是打球下棋的小伙伴。打球，我略强；下棋，他略强。他家就在俱乐部旁边，俱乐部管理员酷爱象棋，经常约他到俱乐部厮杀，我也因此跟着进。管理员说，乒乓球，大人不打时，你们可以打。一次正打着，来了几个大人，看我们打了一局，说，小鬼，不用走，与我们一块打。他们中球技最好的，人称丁书记，他告诉管理员，这小鬼可以随时进来。管理员告诉我，丁书记是冶炼厂团委书记丁善发。从此，我在俱乐部打得风生水起，认识了许多大人。一次，丁书记与一个青年对打，那青年特别厉害，动作又特别好看。丁书记对他说，这小鬼手法好，步法也好，我看他将来是铜官山冠军。那青年让我打了几下，问我是哪所中学的。事后知道，那青年是铜陵体委乒乓球指导、国家一级运动员郁庭煌。

加入代表队

1962 年春季，初一下学期，我所在的中学并入铜陵一中。报到第一天，寻找乒乓台。台子在大饭厅，恰巧碰见校队练球，站在球台边指导的正是郁庭煌。他看见我，立马让我与队员一人打一局。我输了一人，赢了多人。他说，从今天起，你就是校队队员。一学期下来，我球技见长。我是一中第一名，也是全市少年第一名，入选市少年代表队。代表队教练，除了郁指导，还有一个年轻姑娘汪永珍。一晚，汪指导来学校与我打了一场公开赛，结束时，她主动握手，打破"男女授受不亲"传统，全场大哗。

旅行开眼界

1963 年，我参加全省少年乒乓球竞赛，地点在合肥。我自小没有出过铜陵，这次外出是一生旅行的开端。第二年，竞赛地点在当涂。第三年，竞赛地点在滁县。所到三地，文化厚重，古迹深刻。合肥的包河与包公祠、当涂的大青山与李白墓、滁县的琅琊山与醉翁亭，令我开眼界，长见识。

免试上高中

1964 年 7 月，全省少年乒乓球竞赛的时间与高中入学考试的时间冲突。一天，负责体育的陈大雄老师通知我，你去打球，不用考试，直升一中高中。我心中十分得意。

向往省体校

1966 年 3 月，省少年队指导带着一名队员到一中考察新人。在学校图书馆，我与省少年队队员打了一场比赛，校长章字民与陈大雄到场掠阵，我胜他败。赛后，省队指导与章校长、陈老师有所交谈。传言我有望进入省体校。4 月，"文革"狂飙，自无下文。

招工受优待

1968 年 12 月 30 日，我插队青阳县西华公社双合大队墩包小队。1969 年 7 月，工厂招工，生产队与同队同学照顾我、推荐我。一天，有人带口信，要我去一趟县招待所。我见了两个中年人。一个是铜陵有色选矿厂人事科长章根修，不认识；另一个是选矿厂招工组成员俞强富，认识。俞是铜陵体育巨星，足球、篮球、乒乓球三栖高手。老俞说，西华招工单位是有色机械厂，如果来选厂，工种任选。科长说，已向机厂提名要人，机厂喜欢文艺，提出一男换三女，又有点疑心，说要问问你本人，你一定要说什么都不会。说罢，两人哈哈大笑，狡黠而爽朗。会谈后，我又去招待所，老俞说，有封信在床下，你看看。我趴下取信，是投诉信，投诉生产队不推荐红五类，招工组不优先招收红五类。老俞说，心中有数就行，再扔回去。老俞老章，我冬天里的一把火。

球手变写手

1969年9月，去选矿厂报到，在精矿车间维修班做钳工。年底，选厂在全市职工乒乓球比赛中荣获团体冠军。厂部的一群干部爱球及人，总是找理由，让我少在车间三班倒，或是工会要我写剧本，或是宣传部要我写材料，文字功夫因此大长。1972年，市里一纸公文，选调科技局秘书。人生如环，环环相扣，乒乓环扣上文字环。

菱湖龙虎斗

1977年高考，我被安庆师范学院录取，师院依托菱湖，称菱湖校园。我带着球拍上学，起初无敌手。不久，78届外语系刘江到校，刘江原在合肥市少年队。我们一起龙虎斗，一斗数年。1979年，他第一我第二；1980年我第一他第二。说来也巧，1981年，我考上北京大学研究生；1982年他考上中国社会科学院研究生；1984年我到深圳大学；1985年他到新华社，后任新华社副总编辑。曾来深圳小聚，喝茶聊天，不提交手。想来，我们球技生疏，再难虎斗龙争，不如定格形象。

未名湖球趣

1982 年至 1984 年，我在北京大学读书，两年多，只打过两次球，地点未名湖边体育馆，球伴葛兆光。我们都是中文系研究生，我读古代文学，他读古典文献，同住 29 楼第 3 层。一次闲聊，说起乒乓球，他说他是贵州遵义少年队，我说我是安徽铜陵少年队。一时兴起，找出球拍，到未名湖开打。球技似乎相当，他好像更有力度。不过，忙于学业，埋头学问，虽互为对手，却极少打球，且不争输赢，只为快意趣味。葛兆光现为复旦大学文史学院院长，著名文史学家，2007 年受聘为深圳大学客座教授。

荔园球事

1984 年我供职深圳大学。深圳大学荔枝满园，人称荔园。初来时，人地生疏，恰逢教工乒乓球比赛，我报名参加，以球会友，结识了一群老师、职工与同学，聚起一股人气。20 世纪 90 年代，我分管教学，因爱好乒乓，熟悉体育，乃看重体育，力主建设一流体育场馆，其中一座小球馆，首层保龄球，顶层网球，二层就是乒乓球。乒乓球场能容纳 20 多张球台，灯光、地板等设施优良，是深圳最好最大的练习场。师生锻炼，热火朝天。我也是球馆常客。新世纪，学校主张在群众运动的基础上，利用特招，组建高水平乒乓球队；支持体育部聘请专门教练，请戴霞老师指导普通大学生队，高颖老师指导高水平队；并支持高水平队与中国移动合作，组建职业俱乐部，打进全国超级联赛。2009年，为迎接深圳举办的世界大学生运动会，学校特地开办运动训练专业，聘请国家女队总教练施之皓为兼职教授，招收郭跃、范瑛、杨扬为运动专业学生。2011年大运会开幕，深圳大学与华东理工大学联合组成中国大学生女队，摘取女子团体金牌。现在，深圳大学乒乓球职业俱乐部，已在全国头角峥嵘；普通大学生队也在广东时有捷报。

当下，年届七十，缅怀岁月，乒乓之声，总在耳边。有说"玩物丧志"，实不尽然。于我，乒乓一路助人生，"玩物励志"，良有以也。

（作者系深圳大学前校长）

乒乓带我走天涯

阎建伟

　　2005 年中因为一个机会，从北京的《体坛周报》来到深圳《晶报》工作。单位在五楼，七楼就有座乒乓球馆，带给我莫大的喜悦。此时自己已经很少采访乒乓球比赛了，更多的是自娱自乐，经常是下午打完晚上再打，一周七天从来不休。后来球馆关了，一时间球打得少了。加上开始跑步，到处去跑马拉松，乒乓球在生活中变得似有似无。直到 2017 年感到膝盖不适，减少跑步，重新约一帮球友，又回到频繁打球的日子。骤然发觉，乒乓球带给自己的快感，是生活中其他东西无法比拟的。更重要的在于，乒乓球就是一根丝线，串起了自己的人生，从东到西，从北到南，从懵懂少年、风发青年、到不惑中年……

着 迷

从 20 世纪 80 年代末中国乒乓球队陷入低谷起，我开始关注他们。后来因为 1995 年天津世乒赛时我就在天津工作，去正定探营，四处去看乒乓球比赛，也因为写了很多国乒的稿子在圈子内小有名气。

一开始我喜欢的是竞技乒乓球，关注处于低谷的国家队动态，把报纸上关于乒乓球的报道全部剪下来，贴在一起。日积月累，年复一年，这些资料帮助我完成了乒乓球知识的积累。1993 年工作后，一个人在天津，有大量的业余时间。那时全国很多省市都有自己的体育类周报，我尝试着将自己写的乒乓球评论寄给他们，很快，就有一些媒体将之发表出来。这带给我更大的信心，也激发了我的创作欲望，成天都在关注乒坛动态，看哪些事情可以写评论。

有一次国家队在天津和平体育馆打热身赛，也没什么记者采访，我拿着个相机，就在挡板外拍来拍去，乔红还友善地提醒我，队员在打比赛，不要用闪光灯。现场看球能观察到许多细节，给自己写东西增添了更多素材。1994 年在大连举行的中国乒乓球大奖赛，我便自费前往"采访"，利用《天津日报》体育部的熟人，给《大连日报》打个招呼，帮助办理了采访证件，就算是去采访的，而我的身份，只是一个办公室职员。1996年中国乒乓球大奖赛在西安举办，我再一次前往。当时看完比赛，在酒店写完稿子，出门找邮局，发传真给找我约稿的报社。

在天津举办的两次比赛，1994年的亚洲乒乓球锦标赛和1995年的世界乒乓球锦标赛，给我提供了巨大的舞台。几乎全国有点名气的体育类报纸的乒乓球报道，均是出自我之手。广州有两家，一个《体育参考》，一个《现代体育报》，我用不同的笔名、不同的视角，同时给他们供稿。《天津日报》为了世乒赛，曾办了一份《世界乒乓》报，我也曾给他们写了很多稿件。

印象最深的是第一次去正定。因为给石家庄的《体育之声》（后改为《体育生活报》）写稿，跟编辑也熟了，我就提出要到正定看看封闭集训的国家队。编辑常守城老师说，国家队每次都是来的时候和走的时候开新闻发布会，向媒体介绍相关情况，平时他们都不过去的，而且国家队也不好采访，去了可能会吃闭门羹。我说有这个想法，总想试一试。常老师就带着我，从石家庄坐中巴过去，来到正定基地。队员们正在训练，看了一会，训练结束后找男女队主教练蔡振华、张燮林分别聊了会。这次探营的顺利，也使我信心大增，后来我还去过正定几次，都是住几天，与队员们一起生活，他们训练我就在旁边看着，整版整版地给一些报纸写正定见闻。

享　受

　　真正成为一名记者后，采访乒乓球多了许多便利，爱好就是工作，这无疑是一种理想的人生选择。每次外出采访时，我都带着球拍，以球会友。球场上观看乒坛风云变幻，球场外寻找自己的乒乓之路。

　　正是因为自己在乒乓球上的辛勤耕耘，我积累了一点"资本"。1997 年，《重庆晨报》体育部将我从天津招去，我才算是正式成为一名新闻工作者。有了自己效力的报纸，给外面写稿就不那么自由了。不过我还是选择了有影响力的两三家媒体，继续供稿。要想维系自己在乒乓球报道领域的地位，总要不断地接触队伍，才能知晓最新动向。那时，都市报刚兴起，出差机会很多，只要是乒乓球比赛，我都申请前去采访，领导一般也都批准。如今回过头来看，那段时光，也是自己人生最单纯、最快乐的一个阶段。

　　为了写好乒乓球，我也打起了乒乓球。在工作之前，我从未摸过球拍。工作之后，恰好单位买了张球台，自己边学球边琢磨，长胶、生胶都玩过，主要是想体会各种胶皮的特性，这样写起文章来，才不至于说些外行话。

　　刚学打球时，根本不知道自己什么水平，自认为打得很好了。1994年亚乒赛在天津市人民体育馆举行时，新华社记者曹剑杰从北京过来采访，他很喜欢打球，问我什么地方有球馆，想采访间隙去玩一玩。他问我打得如何，我大言不惭地说还可以。我问他打得怎么样，他说一般般。待我带他到一球馆一交手，方知天有多高山有多高，差距是鸿沟级的，他的直板正胶打得我连球都摸不着。此后，我多次去北京新华社内的球馆找他练球，有时候在外地采访时，大家也相约练练球。

我的乒乓球理论一套一套的，到了我拿起球拍时，完全不是那么回事。因为初始阶段没有人指导，其实就是胡乱打，动作很不规范，到了一定阶段水平就无法再提升了。后来又找教练固定动作，一次次苦练，渐渐领悟到打乒乓的乐趣。

健　身

人生四处漂泊，乒乓从未远离。远离了国家队层面的乒乓赛场，回归到自己拿起球拍提升乒乓技艺的人生阶段。工作、生活再忙乱，当有机会拿起球拍时，总能让自己沉浸在一种纯粹的乒乓快乐中。

在《重庆晨报》我只干了两年多，后来去了网站，也不再有采访乒乓球队和比赛的机会了，乒乓球于我，就简化到自己练球了。北京、南京、上海、深圳，工作所到之处，球就打到一处。

尽管在一些城市的许多记忆都已模糊，但是打球上的坚持和努力，似乎历历在目。也曾经因为工作、生活的原因，有过一阵子没打球，可是当重新拿起球拍那一刻，从心底里总会散发出一种纯净的喜悦之情。

在深圳参加了多届"记协杯"比赛，跟高手一道"蹭"过省冠军，以报社主力打到过第三名。最自豪的是 2008 年奥运会前记协的一次比赛，不像以往分团体、单打，只能选一个。那次只有男子单打，新闻界所有高手都在。没有任何包袱的我，竟然一路击败了几名高手，获得第五名。前四名都是有专业底子的高手，大家根本无法竞争的。按说之后自己水平一直在提升，可是打了很多次比赛，似乎再也找不到当时那种比赛时的感觉了。

随着年龄增大，对球的理解也越来越深。球如其人，我在打球的过程中，能清楚地意识到自己的不足，想改，在实战中却很难贯彻下去。当然，我还在努力提升乒乓球技艺，我也坚信自己还有不小的进步空间。乒乓球是项能够陪伴你走到七八十岁的运动，让自己打得好点，在健身之外，也多点乐趣。

（作者系深圳晶报体育部编辑）

共享球趣　一起乒乓

梁　海

　　我每一次从深圳回老家，汽车的后备厢里总会带着打球的全套装备。

　　闲暇之余，会到镇上学校的球馆打打球，出一身汗，愉悦身心。镇上打球的人并不多，水平也不算高。山中无老虎，猴子称霸王。可我心里总是惦记着儿时的一个老对手——学校的梁老师。记得小时候和他交手，总是孔夫子搬家——尽是输（书）。那时全镇的乒乓球比赛，他第一，我第二。这么多年过去了，梁老师已经离开学校下海做生意了。多么期待与他重逢，挥拍上阵，仿佛小镇乒乓"巅峰对决"一触即发……

　　其实输赢已经不再重要，他在球场上的生龙活虎、飒爽英姿，已经深深地烙在我的脑海里挥之不去。

　　和现在的年轻人相比，我们几乎见证了国球从崛起到逐步走向辉煌的历程。"80"以后的年轻人通过电视、网络关注乒乓球。我小时候通过收音机听体育新闻，听乒乓球赛直播。当容国团获得世界冠军的消息传来，振奋了全体国人，每一次乒乓健儿在国际赛场上为国争光，传来捷报，都会让人激动不已。容国团、庄则栋、徐寅生、张燮林……这些世界冠军的名字对我来说如数家珍。

当时打球条件也不好，球拍最早是自己用木板做的，刚开始没有粘贴胶皮，用光板打，台子是水泥台，球网是用砖头码成的。每一次必须提前去占台子，否则就轮不上了。一群球友在旁边等着，打得最好的当王，每一个人上来都要先考试，由当王的发一个球，打赢了便可以获得和王打一局的机会。那时候我和梁老师差不多轮流当王。有时候没有占到台子，也会拼起四张课桌，搭一个简易球台，这时候球网不再是码砖头了，而是中间堆一些课本。每到周末，站上球台，便是我们这群孩子最开心的时候。每一次高接低挡，挥汗如雨，球场上充满了欢声笑语。

乒乓国手们勇于拼搏的精神激励着我们勇往直前，梁老师则是我心目中的高手，练好球，争取打败他，成为那时候自己一心想打好球的动力。

离开学校，来到部队，乒乓球拍也放下了一段时间。乒乓球虽然暂时不打了，但是好的身体底子，加上不服输的精神一直都在。在部队各项技能大比武中，我很快崭露头角，成绩名列前茅。在部队的成长是全方位的，自己的政治思想觉悟也得到了很大的提升。业余时间读书，看报纸，听广播，有关国球的新闻都非常关注，并让我深刻理解了中美乒乓外交的重大历史意义，一个小小乒乓球竟能产生这么大的能量：真是小球推动了大球！

转业后来到工作单位，打乒乓球自然又成为自己强身健体的主项。单位里也有几个同事喜欢打球，下班后，相约一起打球，有时，打完球在饭店小聚一下，好不惬意！周末了约三五球友一起运动，一起切磋球技，碰到高手时，努力搏杀，只要是自己主动得分，每拿一分就像打赢一局一样开心。中远台大发力，板底拉透的感觉，真是一种十分美妙的享受。球友之间不仅互相交流乒乓技术，还互相聊一聊乒乓趣闻，球场上一起切磋，球场外喝茶聊天，增进友谊。和年少时打球的童趣相比，球友们一起开心，打乒乓的乐趣不只是加倍的。

平时还能受到一些专业乒乓球运动员的指点，从基本功到技战术层面让我对乒乓球有了重新的认识。了解了乒乓球不同打法的特点。时而快如脱兔，时而四两拨千斤，或诡异多变，或暗流涌动……对于自己，哪怕能做到纠正一个习惯动作，打起来有点像模像样，都是一个极大的挑战。但这种挑战是积极的、催人奋进的，何乐而不为呢？俗话说："活到老，学到老。"尽管乒乓球专业的水很深，但自己动作的一个小改变，意识的一个小提高，都是十分有意义的。

因工作需要，我陪着到山庄休养的原国家领导人一起打球，这既是一种职责，也是一种乐趣。乒乓球是一个神奇的运动项目，从三五岁到八十几岁的人都能参加这项运动。老首长们为国家大事操劳了一辈子，到山庄休息，看到他们打球时认真积极的样子，我不敢有一丝的怠慢。每一次从他们慈祥的眼神中都能感受到乒乓球运动带来的乐趣。

公安系统内部经常会组织乒乓球比赛，我和几个同事也常常代表单位去参加比赛，并取得了一些优异的成绩。大家好才是真的好。乒乓团队取得小小突破时都会让我感到十分荣耀。

现在条件好了，球馆里的老球友们自然是常客。来球馆练球的孩子也越来越多了，真是羡慕他们，从小就可以接受专业的训练。少年强则中国强。这项运动不仅可以强身健体，还可以提升孩子的专注力，培养百折不挠、积极进取的坚强意志力。自古英雄出少年，期待着他们茁壮成长，努力拼搏，涌现出更多的苗子，有机会为国争光。

再过一个多月就是戊戌年春节，按照习俗在外游子都要返乡团聚，其间，不忘与梁老师乒乓球的"巅峰对决"约定。比赛其实是个"引子"，享受的是过程，更重要的是要找回童年时那份打球的乐趣。相信美好的回忆也同样烙在梁老师的脑海里，挥之不去……

让我们共享球趣，一起乒乓吧！

（作者系深圳市公安局警卫支队副支队长）

我乒乓 我快乐

彭 安

我开始接触乒乓球是 20 世纪 70 年代初（小学三年级），当时是在江西一所公社的小学读书，那个年代文体生活非常单调，幸运的是学校有一张破旧不堪的木质乒乓球台。那时正值"文革"，小学下午是没有课程安排的，有也是替学校"打猪草、拾柴火、捡煤渣、捡茶籽"等活动。那时自己所用的乒乓球拍，是用一块旧木板请木工师傅锯成的。说到球拍，我还有一段刻骨铭心的记忆，当时听说临县的商店里有球拍卖，正好我们家的邻居要去该县出差，请求她为我代买一块球拍，结果她为了省钱，买回来的还是一块木板（没有海绵、没有胶皮，仅是正规厂家生产的），为这事我哭了半天。打球时也没有球网，有时用砖块、有时用木板支起来当网使用。尽管条件这么简陋，但打球的热情仍然高涨。起初我的球技不如高年级的同学，半天也轮不上打球，因为我家离学校近的缘故，待高年级的学生离开学校后，我们几个小伙伴才有机会打球。凭着满腔热情和持之以恒，半年后，我的水平突飞猛进，已经是学校的佼佼者了，每次打球都是霸主，这样就可以不用下台了。记得当时有一位成年人，是乒乓球爱好者，球打不过我，经常找我打球，时间长了，我们就成为"莫逆之交"了。因为他有工资收入，故而每次的乒乓球都是他提供的，最后，他还送了一块带海绵的乒乓球拍给我。要知道当时的乒乓球好像是 8 分钱一个，带胶皮或者是带海绵的乒乓球拍也只要 1—2 元钱，可对我这样的"小屁孩"来说，这可是"雪中送炭"了。

到了读初中的时候，我父母也从下放的地方回到了县城工作，我也回到了父母的身边。记得好像是 1975 年，因为省二队（就是现在的省青年队）要来下基层辅导（那个年代的政治任务），所以县体委在全县中小学中举办了一场乒乓球选拔赛，我拿了第二名，奖品是一块带胶粒的乒乓球拍。时间已经过去了 40 多年，那块球拍我一直保留着。当时在与省二队的比赛中，我是"初生牛犊不怕虎"，一开场就抢先攻球连得三分，这样一来对方就不敢轻视了（后来据说与我比赛的队员被教练批评了一通）。当然，最终的比赛结果是没有悬念的，毕竟人家是科班（专业队）的，我们是草台班的。因此，1975

年下半年我有幸代表县参加了地区的中小学乒乓球赛，比赛名次比较靠后，毕竟我们是小县城的，且组队时间不长，但幸运的是结识了许多其他县的小伙伴，尤其是地区所在地的球友。

1976年初，父母调回地区所在地的医院工作，我也随父母一同回来。在新学校办插班手续的时候，在学校的路上巧遇1975年结识的球友，因为他的引荐，我们就成为同班同学了。到了班上才知道还有一个同学也是体校乒乓球队的，所以我们班上当时就有三个体校乒乓球队队员（在同学的推荐下我很快就被选拔入体校了）。体校乒乓球班尽管是属县体委管辖的，但毕竟是地区所在地，条件比其他县应该是强多了，也比较正规。我还清楚地记得，当时训练一次有1毛3分钱的补助，每年还发一双球鞋、一件上衣，而且乒乓球是保证供应的（"连环"或"光荣"包边的，那时应该是最好的球）。入体校后，每天早上要求参加体能训练，练球时间是每周二、四、六的下午半天，雷打不动（就是学校的学工、学农等活动都可以不用参加）。唯一遗憾的就是乒乓球水平没有太大的提高，原因是我们的教练尽管是北京体育学院毕业的高才生，但他的专业是排球。事实上，当时他仅仅是一个陪练（说监工比较靠谱一些，在这里我没有半点诋毁教练的意思，中国有句老话"一日为师终身为父"，何况他还接纳了我进体校）。1977年我们代表县里参加地区中小学乒乓球赛，仅仅拿了团体第五名，要知道我们可是地区所在地，以往每次都是第一名，参赛回来，被当时的乒乓球爱好者（那时还不叫球迷）臭骂了一通。分析我们失败的原因，其他球队在教练的指导下，已经开始拉弧旋球了，可我们还是老式的打法——搓球起板，并且都是直拍选手，这也说明，教练的重要作用。当然，将成绩下滑完全怪罪于教练也是不对的，个人的努力和悟性更重要。

　　我重新拾起乒乓球，已经是 20 年后的 1999 年了，我是 1998 年毕业分配在医院工作的。1999 年我们医院新来的蔡院长，喜欢打乒乓球，当知道我会打乒乓球后，立即找我过招。尽管丢了 20 年，毕竟我体校的功底还在，院长很高兴，对我说，以后你可要忙着了。当时医院没有场地，我们经常去罗湖体育中心、市中医院等地方打球，因此也结识了许多新朋友和球友。后来，医院有乒乓球室了，活动就更方便了。那时院长打乒乓球还有一个重要目的就是"乒乓外交"，因为我们是公立医院，也是当届政府为民办实事的十大工程之一，要将我们医院打造成为市最好的医院。但政府对卫生系统的投入远远不够，加上万事开头难，许多事情需要院长去协调方方面面的关系，而乒乓球就是院长协调关系的一个切入口。我院 2001 年改名为北京大学、香港科技大学深圳医院，成为当时的北京医科大学在北京以外的唯一一所附属医院。记得有一年，我国曾经的乒乓球世界冠军梁戈亮陪同北大医学部主任、全国人大常委会副委员长到我院视察工作，并与我们进行了一场乒乓球比赛，比赛完后，见我们的水平不赖，就提议我们参加北京市卫生系统每年一次的乒乓球赛，参赛单位有40—50家之多（北京毕竟是首都，乒乓球高手如云，尤其是部队医院，许多是从八一队退役下来的），我们是唯一一家北京以外的参赛队。去北京参赛的前几年，对大场地不适应，我们平时都是在单位的小场地打球，因为空气阻力的缘故，对球速影响比较大，往往莫名其妙地输球，加上参赛球员多，各种打法的怪球手都有，给自己增加了新的挑战。但北京的球友很友好，私底下会告诉你应对的方法，很快能够适应，故后面的成绩一次比一次好。现在打球的目的与以前争强好胜就不一样了。现在是锻炼身体，以球会友。尽管由于职业的缘故，打球时间少了，但对乒乓球的爱好已经渗入到我的骨髓里了，所以我乒乓、我健康、我快乐！

（作者系北京大学深圳医院主任医师）

乒乓因缘记

董昭礼

　　世间万物，皆有因缘。我与乒乓球结缘是在小学五年级的时候。我读的小学是 20 世纪 60 年代的中国农村小学，条件非常简陋，课桌是土坯砌的，乒乓球桌也是土坯砌的，土坯上面抹一层水泥，中间用几块砖头拦着（作为球网），一个球桌就算齐全了。就这样的一个球桌，给上小学的农村孩子们带来无穷的乐趣。下课铃一响，小伙伴们争先恐后跑向球场，由于人多球桌少，大家自觉排成长队，轮到了才能上场。上场比赛不是三局、五局决胜负，而是先要发球取胜获得上场资格，才能接着打下去，如果技术不行，排了很久的队，上场一挥拍就下场了。那时候技术好能霸庄的同学，是大家心目中的英雄，同学们崇拜得不得了，比学习好考第一的同学更受到小伙伴们的羡慕。

在这样的水泥球桌上玩了两年，我小学毕业，升到了中学。我上的中学是半耕半读的农业初级中学，学校居然连水泥乒乓球桌也没有，我与乒乓球的缘分从此中断。后来上了高中，高中毕业后参军到了部队，打乒乓球的环境大大改善，有很好的乒乓球运动场地，但由于种种原因，与乒乓球的缘分一直没有能够再续起来。

　　缘分就像泥土中的种子，遇着适当的环境总是要发芽的。我再次拾起球拍是在40年后的2006年秋天。那一年，省委派考核组到市里搞换届考核，我代表市委负责接待安排。考核组的同志找干部谈话，一坐就是一整天，虽然是在室内坐着，但时间长了，比体力劳动还要辛苦，大家提出晚上打乒乓球放松一下，就这样我又拾起久违了的乒乓球拍。上了球场，我这个40年前农村水泥台上练出来的水平和考核组的同志比根本不是一个层次，连对方发过来的球都接不住。虽然水平不行，和对方打不起来，但这次活动对我来说意义重大，这是一个重要的契机。从此我又拿起了球拍，爱上了乒乓球运动。

　　为了练习乒乓球，我专门拜师，请了教练，制订了训练计划，从推、挡、搓、扣等一招一式练起。2007年夏天，我改变了多年来午休的习惯，把午休时间用来练球，有时晚上也练。出差在外也把球拍带上，只要有机会就找球友练球，如果没球友就在宾馆房间里对着墙壁练习。我还买来乒乓球教材、教学视频，一边钻研，一边练习。经过两年多的刻苦练习，我的球技有了进步，在省市的业余比赛中，居然偶尔也能取得较好名次。为此，省乒乓球协会给我颁了一个奖，叫作"技术进步最快奖"。

学习乒乓球和学习其他技术一样，需要本人的热爱＋刻苦＋坚持，但教练的指导也十分重要。指导我的教练前前后后有十二三名之多，他们当中有业余乒乓高手，有省、市专业教练，还有几位世界冠军，是他们引导我走上了乒乓之路、健康之路、快乐之路，我对他们心存感激，此生不会忘怀。

参加乒乓球运动不仅要过好技术关、心理关，更要过好输赢关。只要有比赛就会有输赢，把输赢看得过重，就会影响打球的乐趣，甚至影响球友之间的友谊。我认为对于业余乒乓球比赛来说，只有赢家，没有输家，只要你拿上球拍，走向球场，挥拍上阵，你就赢了，即使输了比赛，却赢了友谊，赢了快乐，赢了健康。

从 2006 年重新拿起球拍算起，至今已有 12 个年头了。12 年的乒乓球活动给我带来无穷乐趣，乒乓球已成为我生活中的一项重要内容。有机会打球成了一种幸福，打一场球成了对自己的一次犒赏。只要几天不打球，就感觉生活中缺少了什么，一走进球场，就物我两忘，其乐无穷。此生已经和乒乓球结下了不解之缘。我已年过花甲，正向古稀迈进，人生已没有了太多奢求，业余生活也开始渐做减法，但乒乓球活动会一直进行到底。我曾经给市乒协写过一幅书法作品，内容是"国球在手、别无他求"，这确实是我自己的心声。

（作者系合肥市政协主席）

乒乓心　毕生缘

程　毅

1966年暑假一开学，小学二年级的我惊喜地发现操场边上多了一排"宏伟"的建筑——整整八张乒乓球水泥台！这里立刻成为小伙伴们的天地和乐园。这八张水泥球台不怕风吹雨打烈日暴晒，除了极端天气，几乎超负荷地为小学生们服务。也正是这八张水泥台，陪伴了我的童年，树立了我的乒乓初心。由于球感和身体素质好，我很快掌握了发球、推球、搓球和抽球等基本动作技术，成为水泥台上的小霸主，并轻轻松松入选了校队。从此告别了风吹日晒、高低不平，用砖头、木板、竹竿等物当球网的水泥台，转入了有窗帘、灯光、水泥地面、球网装置的室内木制球台。

为了备战全市小学生乒乓球比赛，我每天放学以后接受正规的训练。那段时间，满脑子都是乒乓球，学

272

习成绩下降了，整天汗流满面。经过一年多的努力，在
1969 年暑假举行的区小学生乒乓球比赛中，一路告捷获
得男单冠军；1970 年获得本溪市小学生乒乓球比赛男单
第三名；1972 年冬还抽调市少体校乒乓球队接受训练。

但是我的乒乓之路并非一帆风顺，1973 年落选市
少年队，同时又失去参加辽宁省小学生乒乓球比赛的资
格。很想不通！深感丢尽了面子，失去了前途。一气之
下，挂拍弃球练竞技体操去了……

山不转水转，人不转球转。1980 年 9 月，在沈阳体
育学院主修竞技体操专项大二的我，在乒乓球必修课上
大显身手，轻松地当上了课代表。同年 12 月在非乒乓球
专项的院级比赛中，一鸣惊人勇夺单打冠军。在 1981 年
全国体育学院乒乓球专项比赛中担任裁判员。1982 年大
学毕业前获得国家乒乓球一级裁判员和二级运动员资格。

时光如水。1987 年，经过 5 年的高校教学工作，我
深深体会到，本科四年的竞技体操专项，并没有给我创
造更大的舞台，反而乒乓球带来的机遇无处不在。

不忘乒乓初心，乒乓亦不负我。1988 年，我在沈阳
体育学院取得了乒乓球硕士研究生文凭。毕业后重返高
校，大胆创新，与小学联手试办了新星少儿业余体校乒
乓球培训班，收到了良好的社会效益，我被本溪市青少
年教育办公室特聘为市级青少年教育辅导员。1990 年，
我还很荣幸地参加了北京亚运会乒乓球科研团队。

1998 年初，我以乒乓球专项副教授的资格调入深圳职业技术学院。从此，我的乒乓初心在这片红土地上生根、开花、结实。

在深职院执教的 19 年间，我共向 15000 余名高职大学生传授了乒乓文化，共指导学生完成了 1000 余篇以乒乓球为主题的论文。向学生及乒乓爱好者发放了近万份"乒乓教学训练要诀 15 句"宣传单。此"诗"于 2014 年在辽宁举办的全国运动会高校乒乓球教学与训练经验交流会上受到同行们的认可。今献给《球缘》分享：

1. 准备姿势：平站肩宽稍提踵，持拍屈膝微含胸。平视来球心不慌，及时还击体放松。

2. 步法：移动、转动步步魂，用步准确切莫混。步乱手法虚无力，快速还原重心稳。

3. 手法：挥推切挡搓挤拉，击球轻重定好法。判断移动拍到位，手疾眼快全力发。

4. 发球：平掌持球直抛起，转身引拍球落击。何旋之速点线面，摩擦球体旋转异。

5. 接发球：攻搓拉摆接旋转，顺逆非转先判断。短球急球分辨开，回球落点选空间。

6. 正手攻球：转身引拍腰带臂，切莫抬肘往下劈。腰肩肘腕一体化，拍面前倾迎前击。

7. 反手攻球：横持球拍含胸站，前臂外旋打斜线。迎击动作莫伸远，重心转换在腰间。

8.直拍推挡：直拍推挡本能强，拍面推迹力有讲。食指钩拍肘内收，肩肘前迎似推墙。

9.搓球：拍面前倾大臂送，左右搓切腕放松。擦削切点绵中针，劈长摆短控进攻。

10.削球：中远球台削切守，动作大方削待抽。正反两刃刀锋利，大刀阔斧海底救。

11.正手弧圈：引拍侧后重心低，登转挥臂全身力。拍在球上加速提，迎前制动弧圈起。

12.反手弧圈：反手引拍动作下，前臂外旋擦球薄。上旋压迎下旋挑，弧线长短入台效。

13.守弧圈：目视来球心不慌，堵住落点拍似墙。借力减力球不飞，协调快带回马枪。

14.对拉弧圈：乒战对抗白热化，远程立体球弹达。视线不离弧线迹，球落击点大力杀。

15.放高球：远放高球在球感，视野宽阔心平安。直托上挑加旋转，任打缠身只等闲。

我一直担任深职院学生男、女乒乓球队主教练。曾获 2008 年广东省大学生乒乓球锦标赛男子团体和单打两项冠军；2014 年我校男队获得首届全国高职院校大学生乒乓球锦标赛团体亚军和单打第五名；2017 年，我校女队首次在全国高职院校第四届乒乓球赛赛场上亮相并获团体第五名，以及单打第三名、第五名的好成绩，男单也获得第五名的好成绩。

在科研方面，我也颇有收获。2005 年上海世乒赛科学大会上，两篇论文发表在世乒赛专刊上。2006 年底以 30 篇科研论文的成果晋升教授。曾三次出版《程毅教授的乒乓教室》电子光盘教程。

在社会服务中，我多次为学校职工及家属免费举办乒乓球培训班。2014 年和 2015 年曾两次担任市直机关乒乓球培训班主教练，广受学员好评。多次担任市乒乓球比赛裁判。在 2012 年和 2013 年的市"名人杯"乒乓球邀请赛中，两次获得男子单打第三名。

执教卅五载，桃李万株红。虽然 2017 年已告别高校教育生涯，但是乒乓球带给我的快乐和情缘却仍在延续。正可谓：

凝神静气，飞箭离弦，左旋右转，扑朔莫辨。

海底捞月，刚中有绵，雷霆疾扣，魏武挥鞭。

互有短长，你追我赶，斗智斗勇，输赢再看。

益智强身，桃红李艳，青春热血，方寸之间。

（作者系深圳职业技术学院教授）

我与乒乓球的三段情缘

傅 皓

　　我与乒乓球的第一段情缘是从小学时代开始的。我自小在学校里长大，20世纪七八十年代的校园，几张水泥砌成的乒乓球台是少不了的标配。简陋的球台，没有海绵的球拍（我们称之为光板），更没有教练，比球台高不了多少的我们，就那么你推我挡地从黄昏打到日落，直到夜幕低垂，在大人的呼唤催促声中才结束战斗。这个片段，是我对乒乓球最初的记忆。

　　我们成长的那个年代，至少是对于教师家庭的孩子而言，认为沉迷于体育或者艺术都是属于不务正业的旁门左道。万般皆下品，唯有读书高。学校好像彼时也不提倡德智体美劳的全面发展，学习好考高分才是王道。久而久之，虽然学习成绩总是在低位徘徊，但是受到"政治正确"的影响，也不打球了，就是呼朋引伴地瞎玩，打发青春期无聊的时光。

我又一次拿起球拍是在参加工作以后。那时候是 20 世纪 90 年代初，我在广州一家国有上市公司工作，公司写字楼毗邻天河体育中心，我们几个年轻的同事总是约上一起，翘班去打球（国有企业管理粗放可窥一斑）。我那个时候初出茅庐，公司福利不错饭局也多，胡吃海喝之后导致体重飙升，严重影响外在形象。痛定思痛，我决定利用打乒乓球好好减肥，一段时间下来，取得了非常好的效果，体重减轻了 30 斤。同事中有一个高手，据说曾经在荔湾区拿过乒乓球比赛少年组的第三名，我老是缠着和他打，从一开始比分惨不忍睹，到后来差距慢慢缩小，偶尔还能爆冷赢他一局，不知不觉间，我的乒乓球水平竟然提高了不少。

21 世纪初，我终于定居在了深圳。本来广州和深圳相距很近，我毕业之后在广州也工作了好几年，发展得也不错，早早地步入有车有房一族，但是深圳的碧海蓝天总是令我魂牵梦绕，好像一个美丽的姑娘在召唤着我，我义无反顾地奔着深圳来了。

我在深圳创业的过程中，因缘际会，结识了尹昌龙博士。他风趣幽默才华横溢，身居高位却丝毫没有官架子，是我非常敬重的一个大哥。昌龙非常热爱乒乓球运动，他的热情也感染了我，我又一次拿起尘封多年的球拍，再次投入到乒乓球运动的滚滚洪流之中。也许是历经岁月的洗礼，我从打乒乓球的过程中，也悟到了一些人生哲理。比如，我经常和昌龙打球，我发现，每当他在比赛处于下风的时候，他从不轻易放弃，总是一分一分死死地咬住，经常反败为胜。而我，比分一旦落后，就毫无斗志，兵败如山倒，早早地缴械投降。我想，正是这一种永不言败的韧性，才是昌龙无论是攻读北大博士还是从政为官，都能够取得成功的内在原因吧。还有一个球友，也是我敬重的一个老大哥，文化学者邓康延。邓老师虽然球技平平，但是好胜心非常强，赢球之后喜笑颜开、趾高气扬，输球则沉默不语、情绪低落。我们两个经常为一个争议球互不相让而声震屋宇，旁人见了乐不可支。我和他争论多半是为了好玩，故意逗得他暴跳如雷，这么大的学者名流，有的时候跟一个孩子一样，真是童心未泯。

小小的乒乓球，无论是强身健体还是以球会友，都使得我的人生充满喜悦、更加丰盈，我决定，这一生都不会再离开它！

（作者系深圳国际预科学院董事长）

不老的国球，不老的我！

蔡志明

　　记得 20 多年前，风华正茂的我当上罗湖医院院长，夜以继日的工作使我疲惫不堪，我意识到该运动运动了！我重新选择了歇伙多年的乒乓球。

　　罗湖区政协有一张球台，有几个乒球发烧友；第一次打球，两局下来，我气喘吁吁，躺在地上一动不动，心想，糟糕，老了，我竟然老得这么快！

　　过几年，球友黄少良兄弟在罗湖体育馆举办了一个全国侨联乒乓球赛，名闻遐迩的庄则栋先生也来了，球技颇有长进的我得了个小名次，庄先生还在我的球拍上签了他的赫赫大名。这项赛事，我连战数人，毫无倦意，心想，对手啊对手，我要跟你磨的就是疲劳战，拖垮你！

　　球缘不断，球友情深。在罗湖医院干了几年，我有

280

幸到了当时的深圳市中心医院，即现在的北京大学深圳医院做院长。我琢磨着如何让更多人了解这家新医院。打球的人比较有活力，朋友比较多，对！办球赛！我申请医院工会出点钱，连续几年办了"北京大学深圳医院杯乒乓球赛"，正规的入场式、开幕式、闭幕式，吸引了不少各界球友。我那时候的心情是：时间过快点，盼望下一次比赛的来临。

又过几年，世界冠军陈新华在深圳南山连续几年举办了深圳市"名人杯"乒乓球赛，这个赛事水准高，参赛者挺踊跃；可是我的成绩始终在 B 组里，估计这辈子没有机会晋 A 组了，因为这赛事已经停办了。

打了几年，似乎已经有点"发烧"了，朋友越来越多，我积极参加全市老知青乒乓球赛，也偶得名次；心得意，手大方，我欣然掏钱赞助了一届赛事，更获大家敬重。

有点小球技后，我便有机会跟全国人大常委会原副委员长、全国政协原副主席、北京大学医学部原主任韩启德院士，广东省政协副主席、广东省卫生厅原厅长姚志彬教授，科技部基础研究司原司长张先恩教授，世界冠军梁戈亮等人比画比画。那几年，北京大学医学部牵头连续数年举办"迎奥运北京市医疗卫生系统乒乓球赛"，由于我院属于北京大学体系，我们的队伍便一次次开过去。上京，不为什么，就是打球！我自觉这是过着一种高尚和健康的生活。以至后来我被已经是全国政协委员的黄少良拉去北京打球，那是全国"两会"期间的休息时间。有一次，我还自己组队去京跟梁戈亮团队打了一番。

新闻多，赛事多，我首选的是看乒赛，关注的是男子单打决赛，喜欢看着一个个胜利者登上世界最高领奖台，爱听那令人心潮澎湃、百听不厌的国歌，爱看那最终战胜者各色各样的表情；此时此刻我都会非常自然地联想：我们的足球何时能够这样扬眉吐气？！

2017年，我走完了职业生涯的最后一站，获得了充分的时间自由。虽然这几年，我也打篮球和网球，但比来比去，还是打乒乓球方便些，所以，深圳的莲花山、商报、市委、警备区、布吉、彩田中学，以及一些私人场所我都去。多个乒友球微信群里的互相祝福和交流已经成了我生活的一部分！

国球有过小波折，但它始终是大国之球。曾经的它：小球撬动大球，银球滚动地球；它承载着大国之梦，强国之梦，故谓之国球！

我因国球而健壮，因国球而痴迷，也因国球找到慰藉和寄托！

啊！

不老的国球，不老的我！

（作者系深圳市第二人民医院原院长）

与乒乓球相伴成长的王鑫

廖奕范

听说王鑫在编写《球缘》，我不感到突然，因为他从小起就没有离开过乒乓球，到现在已届中年，还与乒乓球相伴，兴致勃勃地想将自己的球缘上升到理性的境界或理想的境界。他与球的缘分深入骨髓了，不论他从事什么工作，在哪里工作都会带着走。

王鑫生长在西安，从小起学习乒乓球，1996年，作为优秀苗子特招到深圳市体育运动学校，专项训练主要在南山区业余体校，文化学习主要在市体校本部。中专阶段，我担任过他的班主任，毕业后一直保持联系。

作为体校的专业课教师、班主任，对学生取得运动成绩习以为常，因此对当年的王鑫在各项比赛中获得过多少名次，我没有过多关注。所关注的是包括王鑫在内的这些青少年运动员能否将从事竞技运动所需要和已获

283

得的优良品行、专业技能复合到他们的知识结构中，促进多学科学习乃至于一专多能，全面发展。王鑫用他的实践证明，他基本做到了这点。

王鑫中专毕业后就参加工作了，我还为他没去考大学感到惋惜。在后来这些年的交往中，我知道他调换了几次单位和工作，并考取了中央广播电视大学的本科函授学习。王鑫性格平静但思维活跃，文化程度谈不上高但自学能力强，在平凡工作中能细心捕捉信息与机遇，探求其中的效率和愉悦，而且他始终带着心爱的乒乓球拍，持续地挥拍，执着地折腾，不忘初心，不丢初艺，诚心结交球友，共同切磋球艺。王鑫当学生时，并不显眼，毕业 20 年了，倒有老师们经常提到他，原因就是他始终活跃在乒乓球圈子里，始终保持着健康的心态和良好的专业水准，有时候还能在报纸上风光一下。

深圳市体育运动学校成立 23 年了，培养和输送了一大批优秀运动员，其中不乏奥运金牌选手，他们毕业后，除了继续在体育系统从事教练、教师工作外，还有很多从事其他工作的，星光灿烂之中，王鑫的亮点在于他能珍爱球缘、维系球缘、研究球缘，球缘还可以推动他再往纵深处去做更多更多的事情。这是一种很好的精神导向，也是一股很强的行为动力。

运动员退役后如何发展，一直是体育、教育界研究的课题，我认为王鑫的实践提供了一个很好的范例：当欢呼雀跃时不骄傲，当门可罗雀时不气馁，固惜体育之缘，一板一板地夯实自己的综合能力，一拍一拍地扫平荆棘坎坷，一步一步地走向理想境地。耐得住寂寞就不会寂寞，看得到稚嫩就会更加成熟。

王鑫并没要我写他，是我情不自禁，是我们因球而起的师生缘分！

（作者系深圳市体育运动学校退休教师）

2015年8月·北京

其乐无穷学乒乓

潘　虹

　　2015年6月初，为了备战建设银行8月1日在重庆举行的第七届职工乒乓球分区预赛，我们单位工会组织赛前乒乓球训练。按照比赛规则，团体赛中必须有领导参与混双比赛。可是过去参赛的领导因工作需要已于年初调离，而其他领导都不打乒乓球。40多年前，我在农村上小学五年级时曾经在极其简陋的环境下打过几次，觉得这项运动很好玩。当时正值乒乓外交，喜欢乒乓球的学生们都将庄则栋当作心中的英雄。于是凭着早年残存的兴趣，我自告奋勇报名，希望能够为本单位参加分区预赛充数。

　　所幸我的队友都是高手，大都曾受过专业训练。他们协助教练从最简单的基本功开始教我，每天下班后陪我一起练习。临战前在队友们的悉心帮助下，又根据混双特点为我制订了针对性极强的速成训练方案，要求我达到：第一，力争发球不失误，尽量使对方不易上手；第二，接发球尽量不丢球；第三，对方球过来时不忙乱，脚步尽量到位，从容把球回过去；第四，注意和队友的协调配合，发球或击球后要及时为队友让出空间。这是我有生以来第一次在专业人士指导下认真练球。我要求自己"严格训、认真练"，同时也要求队友们充分利用战前宝贵的业余时间多练习，鼓励大家"只要功夫深，铁杵磨成针"！哪怕是临阵磨枪，不利也光！并且和队友们一道喊出"不求拿冠军，打出精气神！"的口号。通过一个多月的工余训练，我感觉可以去凑数了，队友们的士气也非常饱满。

8月初我们出征重庆，分区小组有新疆、陕西、重庆、河北、云南、海南等地单位，其中不乏往届的冠军和多次杀出初赛进入复赛的强手。比赛前一天晚餐时，餐桌上大家议论各队的实力。一位兄弟强队的领导无意间说起深圳队多年未曾小组出线，估计今年也难。晚饭后我们马上召集战前动员会，认真研究战略战术。我们的策略是认真、放松。要求大家认真对待每个球，认真打好每一局比赛，力争每场球都不留遗憾。要求大家精神放松，以学习、锻炼为目的，争取小组第三名。保持出不了线是正常，能出线是运气的心态。我们秉持这样一个策略和心态，按男单、女单、混双、男双、女双的顺序，一场一场地对阵每一个对手。

记得8月2日上午，我们与陕西队狭路相逢，这可是上届的第三名。比赛开始后，男单出师不利，终以2∶3惜败。女单经过激烈的对抗，有惊无险地拿下了对手。轮到混双，我感到压力很大，对方领导赛间练球时就显示出很高的水平：动作标准，重心平稳，节奏有序，攻杀凶猛，技术全面。他的搭档一看也是久经战阵的高手。我和我的搭档及时商量，对方领导接我的发球时，我尽量加转，对其造成威胁，为搭档创造机会；对方高手发球我接球时尽量不失误。开局不久，对方凌厉的攻势让我们连失三球。我们及时按照商定方案调整战术，几经努力终于稳住阵脚，我的搭档抓住对方送过来的机会强拉猛攻，局势急速逆转，几个回合下来，我们居然取得第一局的胜利。第二局对方明显着急，双方反复拉锯，拼力争夺，结果对方又输掉了一局，第三局时双方比分咬得非常紧，一直打到十平、十三平，十四比十三，最后十五比十三，终于赢得了原以为不可能取胜的混双比赛。接下来男双比赛也是跌宕起伏，打得难解难分，经过气氛火爆的激烈对抗，最终以三比二险胜对手，赢得了对阵陕西的一场关键比赛。

经过两天循环车轮大赛，我们过关斩将，攻城拔寨，取得了重庆赛区第二的成绩，破天荒地获得了进京复赛的资格。8月7日进京后，我们抓紧时间练习热身，一起分析形势，研究战略战术。大家认为，重庆预赛取得小组第二的成绩已经超乎预期。现在进入复赛的十六个单位都是各个赛区的前四名，其中大多数在往届比赛中多次进入复赛，而我们是第一次进入复赛，加上我刚刚学球，第一次面对这么多的强大对手，因此我们必须放平心态，不能以争夺名次为目标，只要针对各队对手的特点灵活应对，战术上重视对手，战略上藐视对手，应该可以更好地发挥我们的整体水平。8月8日，复赛以分组淘汰的方式展开，我们先后迎战了广东、总行机关、内蒙古、江西、广西、湖北六支劲旅。队友们积智积勇，奋力拼搏，不畏强手，顺势而为，一路恶战。最终克江西、内蒙古，出乎预料地夺得了第八名。

这次比赛不但使我们有机会与系统内的各路高手过招，重塑我们勇于面对各路高手的信心，而且对我来说更是点燃了对乒乓球的炽热兴趣。自此之后，我一直坚持练习打球。每周两到三次，从握拍姿势到发球、正手攻球、反手推挡、搓球、摆速、提拉、步法、实战等等，逐一反复练习。乒乓击球的过程中，推与挡、攻与防、快与慢、长与短、左与右、上旋与下旋、重心稳与脚步活，其中的奥妙就是一个"度"字，有如太极之两仪，拿捏好度就可以参透乒乓球的乾坤！在近三年来的学球过程中，我有几点感受：其一，任何运动都有最佳规范动作，只要你按照规范反复练习，掌握要领，就会有所进步。其二，决定选手胜负的因素，百分之七十五在于技术水平，百分之二十四在于心理素质，还有百分之一在于运气。因此练球的同时也是练心。其三，运动神经对不规范动作有强大记忆，只有不断训练和超常的努力才能稍有克服。其四，身体有极限，方法很重要。由于过度训练和方法不当，曾经让我在两次关键比赛期间腰肌拉伤和手肘损伤，丧失了夺取更大胜利的可能性。所以刻苦努力也得有"度"。

我自知此生学球不可能达到专业水平，但是通过练球不仅强健体魄，提高球技，增进与球友之间的友谊，而且球理中还蕴藏着许多做事为人之道。三年来，每一次练球我都从不同的角度收获到不断进步的喜悦和快乐。朋友！唯其如此，夫复何求。

（作者系中国建设银行股份有限公司深圳分行副行长）

我家的三代乒乓球缘

魏羽雁

从 1959 年容国团获得中国有史以来第一个世界冠军开始，乒乓球这项运动在近一个甲子的时间里为整个国家带来了无尽荣光，被誉为"国球"。乒乓精神激励了一代又一代中国人，体育不仅可以为国争光，去争金夺银，更重要的是，通过体育锻炼可以提升国民健康水平和生活品质。

我们一家三代人，也都热爱乒乓、参与乒乓，在享受健身的过程中，体会到了参与感、获得感、幸福感。

踏上乒乓路，承载母亲的冠军梦

"56，57，58，59…"脑海中的记忆还是小时候妈妈陪我练球的片段。妈妈曾经是成都军区体工大队的一名削球选手，从小我就带着妈妈的冠军梦开始了我的乒乓之路。

和大多数运动员一样，我从小就开始练球，脑海中最多的回忆就是无尽的训练和比赛，加上妈妈曾经还是专业运动员，我在训练上的优势就更加得天独厚。但对于当时的我来说，妈妈当陪练，"敢怒不敢言"啊！

记得妈妈指导我训练时，正手两点走位，要求必须200个一组，完成3组，打不完就不能换计划。对于当时6岁的我来说，感觉比负重登山还难。因为动作不到位，我总会用拍子碰到左脑门（正手攻球最后结束在左眉），每次训练结束，额头就会顶着一个大红包。后来每每回忆起我小时候练球的经历，妈妈都会提这个事情。

乒乓征途中，遇见终身伴侣

和先生相识在大学，结缘也是因为乒乓球。他曾经效力于山东鲁能乒乓球俱乐部，据说当时排名还"榜上有名"呢。后来经常说起参加过的比赛，发现我们时常参加同一个比赛，彼此的队友之间都很熟悉，我俩却不相识。

大学时，我俩都是校队的队员，每天都有训练，不过每次和他一起练球都是"山崩地裂"的景象，我们谁也不服谁，都觉得自己是对的。一练球就觉得对方这儿也不对，那儿也不行，自然，这"炮仗"一点就着了。

最有意思的一次经历是在某次全国大学生乒乓球锦

标赛上，为给学校争荣誉，校队老师替我俩报名了混合双打。老师的考虑是，我们俩打法相近，一左一右又是最佳配合，肯定没问题的。经过几轮奋力对阵，最终我俩在冠亚军决赛中仅以两分之差，负于黑龙江大学的一对混双选手。赛后我自己总结，不是对手太强大，也不是搭档不优秀，是自己棋差一招。

毕业之后，我们同时进入了新闻出版系统工作，经常代表单位参加比赛。新闻出版系统的比赛有时是不分男女的，我们俩经常作为一个团体，打单打，配混双，时常拿下冠军。某一次比赛结束，颁奖嘉宾发表颁奖贺词的时候还打趣道"乒乓球在新闻出版行业中有很好的氛围，不仅有父子同台的，还有夫妻同场的"。

乒乓之家庭，传承乒乓后继有人

2011 年迎来了我们第一个孩子莫莫，她很有运动天赋，并且随了爸爸，也是一个左撇子球手。在她 5 岁的时候，我们把她送到了北京市海淀区乒乓球业余体校，那里也是我童年乒乓球训练起步的地方。莫莫从小不服输，她这劲头放在打球上倒是可以和我小时候练球有一拼。在教练的辛勤培养下，她第一次参加海淀区中小学生乒乓球比赛，就取得了同年级组第一名的好成绩。当她把奖状捧回家来，我和她爹那个高兴啊！嘴上不说，心里可是乐开了花。

2017 年我们的第二个孩子出生，这个孩子在娘胎里就是听着乒乓球"乒乒乓乓"的声音做的胎教。不到 1 岁，我们就带她到训练场。最逗的是，把她放在球桌上，她还会拿着球拍接球，那个认真的样子，真是可爱极了。我们也依然会培养她打乒乓球。我们的愿望并不是要孩子成为世界冠军，而是让孩子体会乒乓球这项运动的乐趣，也让她们能有一技之长。在乒乓球这项运动中能够培养孩子勇敢顽强的意志，开发智力、增强体质，同时能够培养她们的自信心、自制力、独立性。对于孩子的一生来说，能够热爱乒乓球这项运动，从中收获一生的健康和快乐，当然是一件挺美好的事情。

近年来，群众体育蓬勃发展，大家越来越关注自身健康水平。全民健身逐渐成为社会新时尚，也上升为国家战略。作为体育人，我们全家也始终紧跟时代步伐，大力弘扬中华体育精神，传播乒乓正能量，向身边人特别是青少年传授体育运动知识和技能，积极为"让每个中国人都热爱健身、参与健身，共享全民健身的发展成果"做出一点贡献。

（作者系中国新闻出版研究院《出版发行研究》杂志社经营部主管）

我眼中的中国乒乓球队

黄抗抗

收到好友魏羽雁约稿的信息，让我写一篇题为《我眼中的中国乒乓球队》的小记时，我内心就像微信表情包一样，"啊"了一声，有点儿诚惶诚恐，又有点儿小开心。惶恐的是："中国乒乓球队"这个词儿太大了！祖国体育的旗帜队伍，怎么能是我这样一个小辈可以去描述的。开心的是：能有这个机会，说说这个充满着光环的集体，是一件很荣幸的事。希望通过我这样一个独特的视角，让与国球有缘的人看到一个更加立体和有意思的中国乒乓球队。

由于父亲工作的关系，1994年我"加入"了中国乒乓球队。除了训练，食住行我都与国乒队的运动员同步。回想整个童年，父亲很少单独存在于我的记忆中。大部分的童年画面，都和这个集体有关，是这个集体里的每个人拼成了我童年时光的画像。所以我有充分的理由把自己说成是"加入"了这个集体。那时我们都管住的宿舍叫"大楼"（现在的国家体育总局办公楼），训练的地方叫"乒乓馆"（现在的体育医院），大楼的斜对面有条街叫"幸福大街"，"幸福大街"里藏着的一个小苍蝇馆叫"食堂"。那个时候的一姐是邓亚萍，顺下来就是乔红、刘伟和乔云萍。男队的主力是王涛、马文革、丁松和吕林。刘国梁和孔令辉那时正在冲击老队员，在争取成为一哥的路上。王励勤还是青年队的一名队员。

　　父辈们忙着创业，我们这几个孩子就被放养在队伍里，成了这个大家庭的孩子。一天放学后，我和蔡宜达（时任总教练蔡振华的儿子）如往常一样在大楼四层走廊里嬉戏打闹。突然我们发现拐角处的地上有一小堆红色的"小豆豆"，觉得特别地惊喜，蹲在地上便开始尝了起来。还好当时晓卫阿姨（女队教练乔晓卫）正好路过，发现我俩在捡老鼠药吃，才避免了一场灾难。我放学后的另一项常规娱乐项目是在乒乓馆帮队员们捡球。有时候国梁叔（刘国梁）加班练发球的时候，看我一个人在乱跑，会叫我过去接几个发球。我抓起桌子上的球拍，胡乱一挥，正好就把球击到了对面的桌子上。他便夸奖我说："球感不错呀！"我就给他反馈一个羞涩又得意的笑容。还有一次，辉叔（孔令辉）训练完了带我去吃串儿，我一口气吃了20串羊肉串回来，给我妈吓了一跳，问辉叔："怎么让她吃这么多？"辉叔说："她自己要吃啊。"

　　那时的他们，就是有趣的、会给我从国外带巧克力的"叔叔""阿姨"。乔红阿姨标志性的笑声能穿透一整条走廊，让空气都弥漫着欢乐。我用橡皮泥做了一桌菜，请吕林叔叔来陪我一起"享用"。我转了个身去捏"汉堡"的功夫，黄色的"面条"没了。我看着他，他一本正经地跟我说："你不是让我来吃的吗，我吃了啊！"我当时都吓傻了，着急地告诉他："我妈说了，这个东西不能吃！"其实，后来我才渐渐地明白：在这个梦想的殿堂中，高强度的训练，残酷的竞争环境，周而复始的单调生活，使我们这些孩子成了他们苦中作乐的伙伴。

给我印象最深的第一个大事件，是1995年在现场观看天津世乒赛。我印象中的画面是涛叔（王涛）一扔拍子、倒地，全国人民就都沸腾了。在之后很长的一段日子里，所有人都在讲"乒乓球队翻身仗"。这是我第一次觉得身边平时一起朝夕相处的这些大朋友，特别厉害。出门上学的时候，觉得自己都带着一种光辉。这一仗之后，中国乒乓球队仿佛进入了一个新纪元，开启了持续至今日的统治时代。而我这种纯粹的荣耀感也持续了很长一段时间，直到2008年我对这个集体的理解又升级了。2008年北京奥运会结束后，父亲作为中国乒乓球队的代表在人民大会堂接受了时任国家主席胡锦涛的颁奖，也是中国体育军团唯一的由总书记授奖的代表。看着电视机中的画面，我突然意识到：父辈们鞠躬尽瘁去奋斗的事业，教练和队员们拼尽全力去争取的荣誉，便是他们心中的家国情怀。

过去的二十几年，中国乒乓球队带来的每一声振奋人心的呐喊，每一次五星红旗的升起，每一场来之不易的胜利让越来越多的国人都为祖国骄傲和激动。二十几年过去，中国乒乓球队的辉煌成绩，也让所有人习以为常；甚至这种强大，都成了互联网时代用来逗乐的段子。其实，这种现象的背后，真正影射出的是新中国的强大。中国乒乓球队带给我们每个人的是由内而外的精神力量和底气十足的民族自信。

然而对于我来说，这支队伍从来都不是高高在上的王牌之师。走出国门时，她是中国文化软实力的体现；因为乒乓球，在时任国家主席胡锦涛访问美国时，我成了唯一的留学生代表。因为乒乓球，在美国总统奥巴马卸任前，我参加了他的答谢晚宴。在"家"里，她是一份"情感寄托"。这种情感寄托来源于她赋予我们的"归属感"。中国乒乓球队让这项运动成了属于我们国人自己的运动。中国乒乓球队的辉煌是象征国盛民强的一面旗帜。

大时代下的这个小球，这些乒乓人，这个"家"，是一种信仰，也是一份温暖的存在。她就是我们美好生活的一部分。

后　记

　　与乒乓球的缘分，恐怕是这辈子都难以割舍的了。从乒乓球开始了人生的精彩旅途，也从乒乓球开始认识了诸多良师益友，"球缘"二字已深深铭刻在个人生命里。虽不敢妄论个人水平技艺，但情怀志趣深似海洋。2014 年，蒙全国人大常委会原副委员长邹家华同志亲笔题词"球缘"的鼓励，为不负邹老期望，我萌发了约请球友合作、抒写各自乒乓故事的想法。该想法，得到了尹昌龙博士的肯定和支持，他在百忙之中为本书撰写了序言。此外，幸得众多球友鼎力相助，赠诗赐稿，志在传扬拼搏精神；字里行间，洋溢着人生的壮志与激情。由乒乓球说到人生和事业，本书会给我们诸多启示。在此还要特别感谢海天出版社，他们为这本书的出版提供了很大的帮助与支持。

　　理解生命，把握人生，乒乓球缘将成为推动我们人生不断前行的强大力量。